The Man-Eaters of Tsavo

察沃的食人魔

〔英〕J.H.帕特森 著   娄美莲 译

人民文学出版社

图书在版编目(CIP)数据

察沃的食人魔/(英)J.H.帕特森著;娄美莲译.
—北京:人民文学出版社,2016
(远行译丛)
ISBN 978-7-02-011927-1

Ⅰ.①察… Ⅱ.①J.… ②娄… Ⅲ.①纪实文学-英国-近代 Ⅳ.①I561.54

中国版本图书馆CIP数据核字(2016)第198815号

出 品 人　黄育海
责任编辑　朱卫净　潘丽萍
封面设计　汪佳诗

出版发行　人民文学出版社
社　　址　北京市朝内大街166号
邮政编码　100705
网　　址　http://www.RW-cn.com
印　　刷　山东临沂新华印刷物流集团
经　　销　全国新华书店等
字　　数　162千字
开　　本　890毫米×1240毫米　1/32
印　　张　8.25　插页　5
版　　次　2016年12月北京第1版
印　　次　2016年12月第1次印刷
书　　号　978-7-02-011927-1
定　　价　42.00元

如有印装质量问题,请与本社图书销售中心调换。电话:01065233595

目 录

1　前言　一部人狮对抗的史诗
1　自序　关于荒野的回忆

1　第一章　初抵察沃
16　第二章　食人狮首度现身
23　第三章　棚车上的攻击
32　第四章　修建察沃桥
39　第五章　与工人的冲突
47　第六章　恐怖时期
57　第七章　区域驻防官死里逃生
64　第八章　第一头食人狮之死
71　第九章　第二头食人狮之死
81　第十章　察沃桥的完工
89　第十一章　斯瓦希里人与其他原住民
100　第十二章　追踪河马之夜
108　第十三章　恩顿谷中的一天
116　第十四章　发现食人狮的巢穴
126　第十五章　猎捕犀牛失败

132	第十六章	一名寡妇的故事
136	第十七章	狂怒的犀牛
145	第十八章	阿西平原上的狮子
157	第十九章	落难商队
165	第二十章	阿西河一日游
172	第二十一章	马赛人和其他部落
182	第二十二章	洛山汗救了我一命
194	第二十三章	另一次成功的猎狮行动
201	第二十四章	巴侯塔最后的"西卡"
210	第二十五章	车厢内的狮子
215	第二十六章	在内罗毕工作
220	第二十七章	发现新品种羚羊
236	附录一	十九世纪初的东非萨伐旅
249	附录二	工人献诗

前　言
一部人狮对抗的史诗

大约七八年前,我在《原野报》上读到帕特森中校所写的一篇短文,内容描述一位工程师忙着修筑乌干达铁路①,却遇上察沃的食人狮。

曾在非洲打猎多时的我,当下便知道这篇可怕故事里的每句话绝对是真的。同时,我也明白,作者叙述这个故事时的态度非常谦逊;他未曾刻意强调他曾面临的危险,例如,为了击毙可怕的食人狮,他曾在许多夜晚熬夜守夜;还有一次,当他在仅靠四根摇晃的柱子支撑、不堪一击的简陋岗哨上站哨时,其中一头可怕野兽正大摇大摆地靠近他。幸好他并未因此失去勇气,反而在狮子扑上前的那一瞬间成功射杀了它。不过,如果这头狮

---

① 乌干达铁路,英国计划在东非修筑的铁路,东起滨海的蒙巴萨,西抵维多利亚湖畔的佛罗伦萨港(今称基苏木)。这条长达五百八十英里的铁道,穿越沼泽、河流和沙漠,完全以人力修筑,当时英国传媒称之为"疯狂铁道"。当时奉命参与这项工程的三万五千人当中,大部分是印度裔劳工,因疾病和意外而伤亡的达三万四千人,其中九千人直接丧命于这座人间地狱,当中成为察沃狮子的临时点心的,大约有一百人。英国人修筑这条铁道的目的是打算利用铁路将整个地区分为两部分,借此区隔黑奴,以便开辟一块新的区域,供皇室及殖民统治者狩猎消遣之用,并巩固英国在此地的势力,以对抗看似日益兴盛的德意志帝国。

子是从他背后来袭,我想帕特森中校恐怕会成为一大串受害者名单上的新添亡魂,因为我就曾听说过三头狮子从树上或架高的木屋中将人拖走的例子,而这些庇护所的高度,都远超过帕特森中校在惊魂之夜所待的那栋摇摇欲坠的建筑物。

自从希罗多德①的时代开始,人们说过或写过无数与狮子有关的故事;我自己也写过一些,不过在所有我曾读过或听过的狮子的故事里,就故事的曲折离奇和紧张刺激而言,没有任何一个能和帕特森中校所写的《察沃的食人魔》相提并论。与狮子有关的故事通常都是冒险故事,往往既恐怖又悲惨,事件的发生过程可能只是某个晚上的几个小时而已,但《察沃的食人魔》却是一部史诗,而且这个延续数月之久的人间悲剧,最后却只凭借一个人的机智与毅力就成功画下句点。

读过首次刊载的察沃食人狮故事几年后,我认识了罗斯福总统②。我将我记得的故事情节告诉他,他对这个故事深感兴趣(所有与自然或野生动物有关的真实故事都令他着迷),并要求我将在《原野报》上发表的故事寄给他。我照办了,而在他之后写给我的信里,他提到这个故事,同时写道:"你寄来的那两篇文章所描述的乌干达食人狮事件,我想应是有史以来最引人注

---

① 希罗多德,公元前五世纪时的希腊历史学家,被称为史学之父。
② 罗斯福总统(1858—1919),美国第二十六任总统。他在自己所著的《非洲猎踪》里曾提过:"史上最惊悚的真实故事,就是帕特森中校的《察沃的食人魔》。"罗斯福总统才华洋溢,精通许多事物,除了涉足政治,同时也是历史学家、博物学家、探险家,足迹遍及美国、非洲、南美原野。一生著作超过三十本。

目的故事,可惜它们无法长久保存。"现在,我很高兴它将长久保存下来了;而我也敢向帕特森中校保证,罗斯福总统将成为他最忠实的读者。

讲述察沃食人狮的章节,也许比本书的其他部分更引人注目,不过我想大部分读者都会同意,这本书从头到尾都充满趣味及种种资讯。有关如何克服修建察沃桥①时所遭遇的困难,帕特森中校的描述可谓引人入胜,而他在化解印度工人发动的叛变时所展现的胆识、机智与决心,更超越了他在单独面对狮子、犀牛及其他猛兽时所展现的英勇。

最后我要说的是,我花了两个夜晚的菁华时段阅读帕特森中校的本书初稿,我想告诉他,这两个夜晚就像变魔术般,飞快流逝了。从第一页到最后一页,我的兴趣未曾稍减,因为我知道我所读的故事绝对是真的。

弗雷德里克·科特尼·塞卢斯②
英国萨里郡沃普尔斯顿
一九〇七年九月十八日

---

① 察沃桥,这座桥最后在东非战役时遭德军炸得粉碎,徒留当初因为建造它而引来的所有害怕、死亡与惊恐。
② 弗雷德里克·科特尼·塞卢斯(1851—1917),英国著名狩猎家暨探险家,东非坦桑尼亚的塞卢斯禁猎区正是以其为名。一八七一年赴南非旅行,此后十八年间,在南非德兰士瓦省和刚果盆地间探险、狩猎,为博物馆和私人收藏家收集博物标本,并作了很有价值的人种调查,他的这趟非洲中南部之行,扩大了对后来称作罗得西亚的国家的了解。一八九〇年加入英国南非公司,致力于将马尼卡兰边境地区置于英国控制之下。著作包括《在赞比西亚的二十年》《罗得西亚的阳光与风暴》《关于非洲自然界的笔记和回忆》。

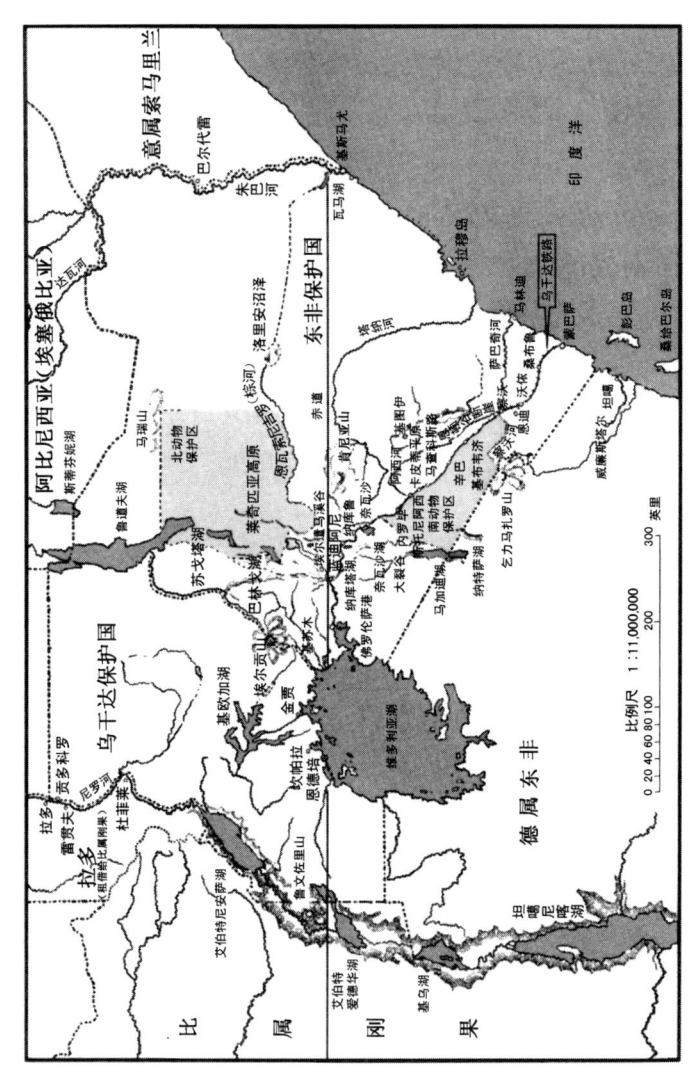

帝国主义殖民地时期的东非区划图

自 序
关于荒野的回忆

将下述故事公诸大众之前令我感到万分惶恐,不过,曾听过我的蛮荒奇遇的朋友一再怂恿我写下这段冒险过程,于是在百般犹疑后,我终于决定将它付梓成书。

我相信,许多未曾远离文明世界的读者可能会认为书中某些情节夸大不实。我只能向他们保证,我已低调处理那些的确属实的事件,并尽量试着以简单而坦白的方式来呈现事件发生的过程。

值得注意的是,这些事件发生时的英属东非,情况与今日大不相同。当时铁路仍在修筑中,如今文明已随着火车来到此地,使此地日益现代化;当时铁路沿线的城镇一片荒凉,如今只有远离铁路的地区依然如此。

如果这本记录我在荒野两年工作和游历经验的小书能引发任何兴趣,或是稍微唤起人们对于我们拥有的那块位于赤道、美丽而宝贵的土地的注意,那么我觉得为这本书所付出的心血都是值得的。

我非常感激沃德(Cyril Ward)女士、莫尔斯沃思(Guilford

Molesworth)先生、斯普纳(T. J. Spooner)先生,以及罗森(C. Rawson)先生,感谢他们大方地让我在书中使用他们拍摄的照片。我也要诚挚地感谢非洲拓荒的老前辈赛卢斯先生愿为拙作撰写序言,他的确是最好的人选。

一九〇七年八月

第一章
初抵察沃

一八九八年五月一日约莫中午时分,我突然意识到自己即将进入狭窄而危机暗伏的蒙巴萨港口。蒙巴萨位于非洲东部的蒙巴萨岛,和非洲大陆之间相隔的峡湾十分狭窄,正好形成一个天然港湾。当我们的渡轮冒着蒸气慢慢驶进港口,并缓缓靠近那座超过三百年历史的奇特葡萄牙老碉堡时,眼前逐渐展开的美景,让我感到极大的震撼。完全出乎我原先的意料,这里的一

从港口眺望蒙巴萨

蒙巴萨市景，此为当地居民住宅区

切洋溢着清新和绿意，整座岛屿似乎弥漫着迷人的东方情调。这座古老城镇沐浴在灿烂阳光下，慵懒的身影投映在平静的海面上；镇上的平坦屋顶和耀眼的白墙，在婆娑摇曳的棕榈树、高耸的椰林、巨大的猴面包树及绵延的芒果树间若隐若现；加上后方非洲大陆翁郁山陵所形成的深色背景衬托，这幅图画不仅令人印象深刻，更是超乎我的预期。

港湾里阿拉伯单桅帆船满布，我相信即使是现在，其中有些船仍暗中将奴隶非法走私至波斯或阿拉伯。我一直有个疑问：不用罗盘或六分仪，这些小船的船员究竟如何找到方向，航行过一个又一个港口？他们又如何平安度过非洲东岸突如其来的季节性暴风雨？我记得有一次在印度洋上遇见一艘停滞不前的单桅帆船，船上的船员发出求救信号，于是我方船长放慢航速了解情况。我们发现甲板上有四个因口渴而奄奄一息的男人，他们已好几天滴水未进，而且完全失去了方向感。我们送给他们几桶水，并告知如何前往他们原来的目的地马斯喀特①后，便重新出发，继续未完的旅程，留下他们停留在平滑如镜的大洋中。他们最后是否平安抵达目的地？我永远无法得知。

蒙巴萨传奇

当我们的汽船驶入港口准备下锚时，蒙巴萨港周遭的奇特景象，让过去的冒险景象在我脑海中一一浮现，不禁令我回想起许多小时候最喜欢的海盗或奴隶的故事。我还记得，一四九八年时，由于船上阿拉伯籍领航员的叛变，伟大的达·伽马②差一点在这里失去船只和性命。那名船员企图利用横亘大半个港口的暗礁来摧毁船只，幸好这个阴谋被及时识破，勇敢的航海家当场将领航员吊死；之后若不是本地苏丹适时降服，达·伽马可能也会一举攻陷此城。在蒙巴萨的主要道路上（正好叫做达·伽马路），至今仍矗立着一根奇怪的柱子，据说那正是这位伟大的

---

① 马斯喀特，阿拉伯半岛东南角国家阿曼的首都和港口城市。
② 达·伽马(1460—1524)，葡萄牙航海家，发现前往印度的新航线。达·伽马出生于葡萄牙的望族，一四九二年率领一支皇家舰队完成对付法国海盗的报复行动；一四九七年奉命带领一支探险队远赴印度，当时他已是著名的作战高手、领导者和外交家。

水手为了纪念自己的到访而竖立的。

非洲大陆上的蓊郁山林

我们的船一下锚，一整队小船和独木舟像变魔术般，立刻将我们团团包围。小船上挤满了一边叫嚣、一边比手画脚的当地人。为了争夺我和我的行李，竞争激烈的斯瓦希里①船夫起了一阵短暂的争执，随后，一名取得胜利的"巴哈伦"（水手）孔武有力地划船将我送至可登岸的石阶旁。此次我是奉英国外交部命令前来东非参与乌干达铁路的修筑，因此我一上岸就询问一名海关人员，得知铁路工程指挥部位于岛屿另一边一个叫作基林迪尼的地方，距离此地大约三英里远。那名海关人员还告诉我，前往基林迪尼最好搭乘"嘎利"，后来我发现，所谓的"嘎利"是一种小型手推车，来回于贯穿市区主要道路的狭窄轨道上，车上小小的雨篷下有两个背靠背的座位。我顺利搭上了一辆"嘎利"，为我推车的是两名魁梧的斯瓦希里男孩。车子沿轨道飞驰而下，一出城外，眼

---

① 斯瓦希里，指操斯瓦希里语的东非沿海民族。斯瓦希里语是非洲东岸居民所说的母语或第二种语言。

达·伽马路和纪念柱

搭乘"嘎利"是前往基林迪尼最好的方法

第一章 初抵察沃

前所见尽是茂密的芒果、猴面包树、香蕉、棕榈树林，繁花朵朵的缤纷藤蔓垂挂于枝条上。

抵达基林迪尼后，我找到了铁路局，并得知自己将派驻内陆，不过进一步指示还得再等一两日。于是我先在"嘎利"轨道旁的棕榈树荫下扎营，并忙着在岛上寻幽探险，同时采购一些必要的补给品和装备，以应付未来漫长的内地之行。很自然，蒙巴萨城吸引了我大部分的注意力。

我在棕榈树茂密的树荫下扎营

一般认为该城大约建于一〇〇〇年，不过，随着埃及古老神像以及早期波斯和中国钱币的出土，显然许多古老文明的民族曾在不同时代先后定居此地。之后，约在一五〇五年至一七二九年间，葡萄牙人数次统治此地，古老碉堡成为象征葡萄牙统治的永久纪念物，并因此保存了下来，它大约建于一五九三年，就建在一个据称年代更为久远的要塞上。充满冒险精神的海盗们虔诚地称它为"耶稣堡"，这个名称在主要入口处的碑文上仍有看到。然而，葡萄牙人统治蒙巴萨的历史并非一直很平顺。自一六九六年三月十五日起，阿拉伯单桅帆船舰队连续围攻此城达三十三个月之久，并且封锁了整座岛屿。尽管饱受瘟疫、叛

耶稣堡

基林迪尼位于岛的另一边

变和饥荒之苦,退守至耶稣堡的少数驻军仍奋勇抗敌,直到一六九八年十二月十二日,阿拉伯人以致命的一击攻陷了城堡,同时手刃了所有留下来的反抗者。当时只要再等两天,大批葡萄牙军队就能赶到港口,为残军带来渴盼已久的救援;当我知道这一点时,不禁为之一叹。此次战役后,葡萄牙多次试图收复蒙巴萨,不过都未能告捷;一七二八年,这座城市终于臣服在桑帕约将军的猛烈征讨之下。然而,隔年阿拉伯军队又以压倒性的优势再次赶走葡萄牙人,虽然后来葡萄牙人曾在一七六九年数次企图夺回失去的统治权,但终究无法成功。

以桑给巴尔岛①苏丹为首的阿拉伯人,名义上保有蒙巴萨的所有权,不过在一八八七年,当时桑给巴尔岛的苏丹赛义德·巴加什为了一年一次的租金,将土地所有权出让给英属东非协会。一八八八年,英属东非协会改组为大英帝国东非公司;一八九五年,英国外交部取得大英帝国东非公司的主导权,并宣布蒙巴萨为其保护地;十年后,此地的经营权又转由英国殖民部管辖。

岛上的最后一场激战就发生在一八九五或一八九六年间,

---

① 桑给巴尔岛,位于非洲坦桑尼亚东北部的印度洋上,一八三二年,阿曼统治者赛义德·伊本·苏丹将首府自马斯喀特迁到桑给巴尔,从此桑给巴尔遂成为东非重要的商业及政治中心。一八六一年,桑给巴尔脱离阿曼而独立;十九世纪后半叶,苏丹在英、德的权利斗争中丧失了对非洲大陆的大部分拥有权;一八九〇年,英国宣布此领土为保护领地。一九六四年,桑给巴尔被并为"坦噶尼喀及桑给巴尔联邦共和国"(后改名为坦桑尼亚)。

曾三度尝试推翻桑给巴尔苏丹的斯瓦希里酋长穆巴鲁克·本·拉希德企图率军击退英国,以摆脱奴役统治。然而,接连几次败仗后,他不得不南逃至德国领地。总之,过去的历史让蒙巴萨适得其名——"奇西瓦·马菲塔",亦即"战争之岛"。不过此时在殖民法的推行下,它已迅速发展成一个兴盛繁荣的城镇,同时成为出入乌干达的主要港口;和内地建立了大量商贸往来,并拥有数家很不错的商店,从指南针至船锚,各色商品几乎一应俱全。

前文曾提到,基林迪尼就位于岛的另一边,而正如此名的含意——"深水之域"——所指的,当地港湾远胜过蒙巴萨港;在此地,岛屿和大陆之间的通道提供宽阔而安全的腹

深水之域

地,最庞大的船只也能在此停泊,加上港口直接与乌干达铁路相连接,因此基林迪尼此时已真正成为主要港口,专供邮轮和大型船只使用。

奇妙的火车之旅

我在蒙巴萨停留了近一星期,迫不及待想得知进一步指示。一天早晨,我满怀欣喜地收到一封公文,信上指示我前往距离海

岸约一百三十英里的察沃接手铁路工程,当时铁路才刚建抵当地。第二天天刚破晓,我就启程搭上特别列车,同行的还有工程监督安德森先生,以及主任医官麦卡洛克医生。对我而言,这里的一切都很新奇,着实是一趟趣味盎然的旅程。

蒙巴萨与非洲大陆间隔着马库帕海峡,火车要横越海峡,必须通过长约零点七五英里的一道桥梁,这座桥取名索尔兹伯里桥,以纪念伟大的外交部长索尔兹伯里①,乌干达铁道计划正是在他的指示下才得以推展。抵达非洲大陆后的二十英里车程,火车平稳地蜿蜒而上,越过林木繁茂、如花园般美丽的原野,从车窗往后望,不时可以看见蒙巴萨和基林迪尼的美好景色;更远处,视野所及尽是印度洋在灿烂阳光下闪烁的金光。越过拉巴伊山后,我们进入辽阔的塔鲁沙漠,这片荒野覆盖着荆棘及矮树丛,旱季时,更蒙上一层红色沙尘。这些沙尘无孔不入,随着火车的行进而渗入车厢里的每件物品。从此地开始,猎物应该为数不少,但由于动物们隐身在浓密的灌木丛间,很难发现它们的踪影。尽管如此,我们还是试着从窗口看见了一些,同时还发现被称为"荒野之子"的尼伊卡②原住民。

抵达距离海岸约八十英里远的马温古时,我们已来到沙漠

---

① 索尔兹伯里(1830—1903),其封号为索尔兹伯里侯爵。英国保守党政治家,曾三次出任首相,大部分时期兼任外相。

② 尼伊卡,亦称米吉肯达或尼卡,指非洲东北部操班图语的人民,包含数个种族,但有些则操斯瓦希里语。居住在蒙巴萨南至潘加尼之间的肯尼亚以及坦桑尼亚沿海地区;部分种族住在干旱灌丛草原上,故斯瓦希里语称此种草原为"尼伊卡"。

的尽头,然而此地唯一引人注意的不同,也只不过是沙尘颜色的改变。当火车加速向前驶过层层高地时,我们看见一只巨大的鸵鸟沿着铁轨疾走,好像正和我们赛跑似的。麦卡洛克医生立即抓起步枪,幸运地将巨鸟一枪掠倒;不过,接下来如何取得战利品却是一件麻烦事。我们对着火车司机比划、叫喊了好一会儿,他一直没察觉;最后,好不容易才引起了他的注意,于是整列火车倒驶至鸵鸟倒下的地方。我们发现它可做成难得一见的好标本,只是我们得用尽所有的力气才能将它拖上车。

麦卡洛克幸运地将巨鸟一枪掠倒

不久我们抵达距海岸约一百英里的沃伊,这是沿途最重要的大站,我们在此稍作停留,视察一些正在进行的工程。重新出发后,我们发现风景出现了变化,真是令人振奋。从恩迪开始,火车驶过数英里林木丰茂的美丽原野,在经历了先前那段死寂单调的荒原后,这里的景色更显得赏心悦目。南边可见到恩迪山,那是泰塔族的栖住所,右侧则是恩顿谷断崖向西延伸数英里的高耸峭壁。我们的行程在这里慢了下来,因为我们必须随时停下来勘查进行中的修筑工事;最后,将近傍晚时分,我们终于

抵达察沃的那天晚上,我在这间小茅屋里过了一夜

抵达了目的地——察沃。很幸运,当天晚上并没有人使用先前旅人用棕榈叶搭建的小茅屋,我于是在那儿过了一夜。那间茅屋十分破旧,摇摇晃晃,甚至连门都没有,躺在狭窄的行军床上,透过屋顶,我看到天上群星闪烁。我完全不知道附近有何等惊险的情况在等着我;如果我知道当时有两只猛兽正四处寻找饱餐的对象,绝无法在那颓圮的避难所睡得如此安稳。

隔天早晨,我起了个大早,急着认识新环境。步出小屋时,我的第一印象是四周包围着毫无间隙的茂密丛林;攀上邻近小丘的丘顶,我发现视野所及之处布满了矮树、灌木,以及"等一等荆棘"①,

---

① 等一等荆棘(wait-a-bit),金合欢的俗名,一种矮灌木,长在高大的荆棘树丛下面,刚硬的树枝上长满顶端呈弯勾的小荆棘,人的皮肤或衣服被勾住后,就很难脱身,所以必须请同伴"等一等",以便拔出荆棘,此乃其俗名的由来。

这些植物唯一没有生长的地方,就是铁路通过的狭长地带。绵延无尽的"尼伊卡"——苍白、光秃的矮树荒原——呈现饱受烈日摧残的可怖景

绵延无尽的"尼伊卡"

象,到处可见因日晒而呈深红色的尖石突出于树丛外。此地的崎岖及寸草不生,使整个景色显得更为凄凉阴郁。恩顿谷断崖的棱线不断朝东北延伸;朝南望去,只能隐约看见巍峨的乞力马扎罗山①山顶终年不融的积雪。这个地区唯一差强人意的就是和察沃地名相同的河流。那是一条湍急河流,水温常保沁凉,长年流动不歇,这在东非十分罕见。河岸两边的高大绿树,为整个单调景观增添了些许色调,令人心旷神怡。

就这样,我对这个区域有了大致的了解,于是回到小屋,开始认真地为即将在这个荒郊野地展开的生活做准备。我打开行李,"小厮"们在一小块清理过的地上为我架起帐篷,就在我前一晚过夜处的附近,离工人们的主要营帐也不远;这时,铁路已修筑至河的西岸,数千印度苦力和其他工人全扎营在那里;由于铁

---

① 乞力马扎罗山,其名为"巨山"之意,位于坦桑尼亚北方。乃非洲大陆的最高峰,海拔五八九五米。

河上暂供通行的便桥

乌干达妇女

道工程必须全速赶工,因而先筑了一段支线,暂时借由便桥横越河水。我这次的主要任务就是搭建一座正式桥梁,同时完成察沃附近方圆三十英里内的其他工程。于是我将该做的工作逐一审视,并向位于基林迪尼的指挥总部提出工人、工具和材料的申请。不久,工人和补给品源源不绝地涌入,大锤、小锤、钻孔和爆破等各种噪音,活泼地回荡在这个地区。

第二章
食人狮首度现身

不幸,这种愉快的情形并没维持多久,我们的工作很快就遭令人震惊的突发状况打断。两只最贪得无厌的食人狮在此地出现,并在察沃附近与所有和铁路相关的人断断续续抗衡了九个多月。一八九八年十二月,当它们果真让铁路工程停摆将近三个星期,同时形成所谓的"恐怖时期"时,这场人狮之战进入了高潮。起初,在尝试猎捕牺牲者时,它们并不是非常顺利,但为了获取心爱的食物,它们日渐无惧,而且勇于冒险。于是它们的技巧日渐诡谲,潜近人类的时机益发精准且充满胜算,工人们因而坚信,它们绝对不是真正的动物,而是披着狮皮的邪魔。工人们甚至多次郑重告诉我,想射杀它们根本是异想天开;他们深信,两名死去的原住民酋长的恶灵,借由这种方式阻碍铁路通过他们的土地,工事的停摆正是他们对所遭受的无礼待遇所做的报复。

惊悚之夜

第一次听说这两只猛兽在当地出没的事时,我才刚到察沃没几天。不久,一两名工人神秘失踪,有人告诉我,狮子在晚上从营帐里拖走并吃掉了他们。当时我并不相信这种说法,反而认为这些遇害者命丧自己的同伴手中。碰巧他们都是很优秀的工人,也都存了相当可观的钱,我推测应是几名无赖工人觊觎他们的财富而动了杀念。然而,这个怀疑很快就被推翻了。抵达察沃第三个星期的某天早晨,天刚破晓就有人来叫醒我,他们说,那天晚上狮子从营帐中拖走了一名精壮有力的印度军官①,而且吃掉了他。那名军官名叫温干·辛哈,信奉锡克教②。

军官辛哈就是从这个帐篷被拖走的

① 印度军官,此词指过去由英国管辖的印度军队中,相当于中尉阶级的军官。
② 锡克教,印度旁遮普地区的宗教信仰,是印度教虔诚派运动(尤其是迦比尔宗教思想体系)继续发展的产物。

第二章 食人狮首度现身

我当下便前往勘查现场,立刻确定他的确是让狮子拖走的,因为狮子的爪印在沙地上仍清晰可见,受害者脚踝划出的痕迹,也显示了拖行方向。此外,当时和这名印度军官共享营帐的还有其他六名工人,其中一名伙伴更亲眼目睹了事件发生的经过。根据他绘声绘影的描述,大约午夜时分,狮子将头探进敞开的营门,辛哈因为离门最近而成为不幸的受害者。狮子咬住他的喉部,他大声喊着"求啰"(放开我),并用双臂抵住狮子的脖子,但一下子就消失不见了;几个惊吓万分的同伴只能无助地躺在原地,同时不得不听着外面传来的恐怖挣扎声。可怜的辛哈必定死得很惨;但他怎么可能有机会逃得掉?某个工人严肃地问道:"难道当时他没有誓死抵抗?"

听完这个恐怖事件,我立刻动身追寻狮子的行踪,和我同行的是哈司兰上尉,当时他正好待在察沃(可怜的伙伴,不久他也遭遇了不幸)。我们发现跟踪狮子留下的痕迹其实并不难,它享用大餐前似乎曾沿途暂停数次,一摊摊血渍标示出它中途的休息处,它想必和食人族一样,会先将猎物的皮肤扯开,以便吸取新鲜血液。(我之所以确信这是它们的习惯,是因为后来我曾在猛狮口中抢回两具尸体,当时它们都已表皮四散,肌肉干瘪,好像被吸干了似的。)当我们抵达它们啃噬尸体的地方时,眼前呈现的景象真是骇人至极:地上满布鲜血、肌肉和骨头碎片,那名不幸军官的头颅距离其他残骸不远,除了狮子长牙留下的凹洞外完整无缺,脸上双眼圆睁、神色惊恐。现场一片狼藉;进一步勘查后,我们发现此地曾出现两头狮子,而且可能为了争夺尸体互斗过。这是我有生以来见过的最令人感到恶心的画面。我们尽可能地收集残骸,并用石块压住。至于那颗睁大了凶狠双眼的头颅,由于它似乎一直瞪着我们,我们并未将它掩埋,反而将它带回营区交给了医官。

这就是我第一次遭遇食人狮的经验。当时我发誓,将不计一切代价把这两头猛兽驱离当地。那时我并不知道往后还有多少麻烦等着我,而我想避开与可怜的辛哈相同的命运的机会又是多么的渺茫。

谁是下一个?

当天晚上,我坐在距离辛哈帐篷不远的树上,期待两头狮子会再回到这里寻找下一个牺牲者。在几名比较害怕的工人的要求下,我让他们和我一起在树上守夜,其他工人则留在各自的营帐里,不过营门全都关上了。我带着我的点三〇三步枪和十二号口径的猎枪,一支填满炮弹,另一支则装好散弹。当我准备妥当后不久,狮子的阴沉嘶吼响起,随着声音的逐渐逼近,我心中升起猎杀其中一头猛兽的希望。狮子的吼声很快便停止了,取而代之的是一两个小时的沉寂——当狮子潜近猎物时,总是安静无声。然而,半英里外的营帐突然传出一阵鼓噪喧闹,于是我们知道,狮子已在那儿捕获了牺牲者,这一夜我们不会再看到或听到它们的任何声息。

第二天早晨,我发现其中一只猛兽侵入了铁路工程营队的帐篷（昨夜的骚动就是从那里传来的），它匆匆带走一名躺在那儿睡觉的可怜工人。于是，经过一晚的休息，我又在出事的帐篷附近找到一棵适当的树木，占好位置。我讨厌在天黑后步行半英里前往案发现场，不过我觉得应该还算安全，因为我的一名随从提着一盏灯跟在我后面，随从后面则跟着另外一名牵着山羊的士兵。我把山羊绑在我守夜的树下，希望狮子会抓走山羊而不攻击人类。当我开始专心守夜后不久，一阵绵绵细雨落了下来，不一会儿我整个人就又湿又冷。尽管不舒服，我仍努力支撑着，怀抱着能射中狮子的希望。然而，我清楚地记得，当夜半时分哭喊和悲痛的尖叫声再度在耳边响起时，我心中是多么的绝望，又是多么充满无力感；我知道食人兽再次躲过了我，并在其他地方夺走了一条人命。

当时，工人的营帐非常分散，察沃两侧约八英里内都是狮子的活动范围。由于它们每晚袭击不同的营帐，想围捕它们简直比登天还难。况且它们似乎拥有某种超凡的神秘能力，总能事先识破我们的计划，不论准备了多少诱人的陷阱，它们总是能完美地避开，并从其他营帐捕捉当晚的牺牲者。此外，在这片稠密荒野的围绕下，想在白天猎捕它们，更是一件异常辛苦且绝对鲁莽的事。置身于察沃附近这样厚密的丛林里，猎物永远有机会躲开猎人，因为不论猎人何等谨慎，总会在关键时刻意外弄断枯枝之类，让猎物产生警觉。然而，我始终未曾放弃终究能找到狮子巢穴的希望；我耗费所有的空闲时间，匍匐爬过地表的每英寸土地。许多时候，当我奋力钻过令人搞不清方向的草丛时，必须靠扛枪的随从帮忙才能挣脱金合欢的魔爪,而在历经艰辛、成功跟踪抓着牺牲品的狮子来到河边时,却往往因为嶙峋的地形而放弃前进——它们似乎早就为折返巢穴铺好了退路。

不过令我感到安慰的是,在这初步的抗争阶段,狮子并非每晚都能成功掳获人类当作晚餐。这期间发生的一两次意外事件,令我们开始紧绷的神经稍微得以放松。有一次,一位勤奋的布尼哈(印度商人)在深夜骑着驴子赶路,狮子突然纵身扑向他和驴子。驴子当场受了重伤,而正当狮子打算攫住商人时,驴脖上用来捆绑两只空油罐的绳索,不知怎么绊住了狮爪,狮子拖着绳子前进,空油罐发出的哐啷声响吓坏了它,它调头一溜烟窜进树丛里。饱受惊吓的布尼哈死里逃生,很快爬上邻近的一棵树,整个晚上一直待在树上,不停发抖。

这段插曲发生后不久,一位名叫帕帕迪米崔尼的希腊承包商也奇迹似的逃过一劫。某天晚上,当他安稳睡在帐篷里时,狮子突然闯了进来,并拖走他睡的床垫。这名希腊人因为这粗鲁的举动而醒来,但除了惊吓外,几乎毫发无伤。尽管如此,不久后他还是遭逢了不幸。有一次他前往乞力马扎罗山区选购牲口,回程时想抄小路越过乡野返回铁路工地,却在半途死于口渴难耐。

另外还有一天晚上,狮子突然闯入一座大帐篷里,吵醒了里头的四名工人。那猛兽一爪抓住一名工人的肩膀并扯得稀烂,然而在匆忙中,它并没有抓住那名工人,反而攫走一大包正好放在营帐里的米。离开帐篷不久它便察觉了自己的错误,嫌恶地放弃了那包米。

然而,对食人猛兽而言,这些只不过是它们早期较费力的行动。之后,就如同你将会看到的,再也没有任何事可以令它们惊慌害怕,人类在它们眼中只不过是食物而已。不管猎物是躲在层层围篱下、密闭营帐里,抑或是坐在熊熊燃烧的营火旁,它们一旦锁定目标,便绝不允许任何阻碍存在。子弹、喊叫及火把,对它们来说都一样可笑。

第三章
棚车上的攻击

我的营帐一直搭在一块开放的营地上，四周没有任何防护围篱。一天晚上，医官罗斯医生在我的帐篷里过夜，大约半夜时分，某样东西被营绳绊倒的声音吵醒了我们，提灯到营帐外探看后，并没有任何发现。然而，第二天早晨的阳光明白显示了狮子留下的"足印"，我不禁心想，我们何其幸运能逃过一劫。由于这次的经验，我立刻决定搬迁住处，和刚抵达察沃掌理医疗事务的布洛克医生同住。我们两人共用一间由棕榈枝叶搭建的小茅屋，茅屋位于河的东侧，距离昔日旅行商队前往乌干达的路线不远。我们以一圈"柏玛"刺篱包围茅屋，整个营地范围的直径约七十码，刺篱又密又高，非常扎实。我们的私人仆役也住在围篱内，营内灯火彻夜不熄。为求凉爽，布洛克和我习惯傍晚时坐在屋外走廊上，不过若在那儿读写，总是绷紧了神经，因为我们不知道狮子何时会跃过"柏玛"，在我们尚未发觉前扑到我们身上。因此我们把步枪放在伸手可及之处，并不时紧张地注视火光外的阴暗处。有一两次，我们在早上发现狮子曾十分靠近茅屋，幸好它们无法通过围篱。

我的营帐搭在一块开放的营地上。左一为作者,左二为罗森先生

我和布洛克医生共用一座由棕榈枝叶搭建的小茅屋

惨剧频传

同样地,工人们的营帐也在这时全围上刺篱,不过狮子依然有办法跳过或闯入其中,每隔几晚就有人被抓走;工人失踪的报告不时出现,实在令人痛心。然而,在察沃时,整个铁路工程营队共有两三千人,分散在广大区域内,因此工人们对于同伴的不幸似乎并未太在意。我想,每个人大概都认为:既然食人狮有这么多人可选,自己被挑中的几率应该微乎其微吧。不过当人数众多的工程营队随着铁路的修筑而往前移动后,情况便有了极大的不同。留在察沃继续修桥的只剩我和数百名工人,所有人的营帐因而聚集在一起,大家对狮子的出没也就更加关心,对狮

工人的营帐外也围上刺篱

铁路工程营队共有两三千人

子留下的印象也更为深刻。惨案一再发生，我得费尽唇舌才能说服工人们继续留下来工作。事实上，我之所以能成功说服他们，是因为我允许他们放下一切例行工事，让他们先为所有营帐搭起异常高厚的"柏玛"刺篱。在刺篱内，灯火通宵燃烧，而守夜者的任务，就是负责让附近树上悬挂的六只空铁罐不断发出声响；守夜者安全地坐在自己的营帐里利用长绳操纵铁罐，让这些铁罐在夜晚规律又持续地发出可怕的噪音，希望借此吓跑食人狮。然而，如此周严的防备仍无法杜绝狮子的到访，工人依然接二连三地失踪。

铁路工程营队离开时，医院仍留在当地；它位于距离我的小茅屋约零点七五英里的营地上，和其他营帐之间则隔着相当长的距离。医院周围是又厚又实的刺篱，看起来非常安全，不过，任何阻碍似乎对那两头"邪魔"都构不成威胁，其中一头狮子很快就找到"柏玛"上的一处破绽，并且乘虚而入。这一次，医院的助理奇迹似的逃过一劫。当时他听到外面有异响，于是打开营门探看，赫然发现一只庞大的狮子正站在数码外端详着他。狮子倏地扑了过来，助理吓得往后一跳，碰巧撞倒了装满药罐的箱子，箱子的落地声和玻璃瓶罐碎裂的巨大声响，吓得狮子转向另一头。很不幸，狮子在这里有了较丰硕的收获。它闯入的营帐里躺着八名病患，其中两名因狮子的扑击而伤势惨重，第三名不幸的受害者则遭狮子拖出刺篱。伤重的两名工人被留在原地，一块被扯裂的帐幔掉落在他们身上，直到隔天清晨医生和我火速赶到现场前，他们都一直躺在那里。我们立刻决定将医院搬到主营帐附近，于是清出一块空地，在周围缠满坚固的围篱，并在夜晚来临前将所有病患安置完毕。

一块被扯裂的帐幔掉落在两名重伤工人身上

听说狮子经常造访弃置不久的营帐，我决定在已损毁的"柏玛"里守夜，希望有机会猎杀其中之一。然而就在我孤独一人彻夜守卫时，新医院那里传来了令人懊恼的尖叫和哭喊声；事实明白地告诉我，我们可怕的敌人再次躲过了我的伏击。天一亮，我火速赶到现场，发现其中一头狮子跳过新搭起的围篱，抓走了一名医院的挑水夫，其他几名工人则眼睁睁看着这场发生在熊熊营火旁的恐怖事件。当时那名挑水夫就睡在地上，头朝营帐中央，两脚伸抵帐边，狮子把头探入营帐后咬住他的脚并将他拖出帐外。不幸的挑水夫不顾一切地紧抓着一个很重的箱子,避免自己被拖出去,却徒然无功;他拼命拉住箱子,直到箱子卡在营帐边缘才不得不放手。之后他又紧紧抓住营帐的一条绳索,直到绳子断裂为止。狮子一将挑水夫拖出营帐,立刻扑上前咬住他的喉咙,经过几下凶狠的甩动,可怜的挑水夫那痛苦的叫喊声就永远静止了。那头残暴野兽将他紧咬在口中,就像一只大猫衔着老鼠般在"柏玛"里来回奔跑,很快便找到可突围之处;它拖着受害者倏地窜出,只留下扯破的衣服和皮肉碎片作为它穿过荆棘的可怕证据。布洛克医生和我轻易就跟上狮子的行踪。不久,我们在四百码外的灌木丛里发现了死者的残骸。那景象同样令人惊骇。可怜的挑水夫,除了头盖骨、下颚、几块大骨,以及尚留下一两根手指的部分手掌外,他的尸体几乎所剩无几。残骸中的一根手指上还戴着一枚银戒指,这枚戒指连同牙齿(印度某些阶级将牙齿视为珍贵的遗骸),后来一起寄还给他远在印度的遗孀。

我们决定再次搬迁医院,而且同样在夜幕低垂前完成所有的迁移工作,其中包括搭建一道更坚固、更厚实的"柏玛"。当病患全数撤离后,我将一辆载货棚车摆在弃置营区附近的支线上,布洛克和我打算当晚彻夜埋伏在棚车里。我们在围篱内仍留下数顶帐篷,同时还绑了一些牲口当作狮子的诱饵;那天(四月二十三日)下午,狮子至少在这一区的不同地点出现了三次。在距离察沃四英里的地方,狮子曾偷袭一名沿着铁轨行走的工人,幸好那名工人有充分的时间逃到树上。吓得魂不附体的他一直待在树上,直到一辆火车经过时,车长发现他后才获救。接着狮子又出现在察沃车站附近;几个小时后,工人们看见其中一头狮子盯上了布洛克医生,那时约摸傍晚时分,布洛克医生正从医院返回营地。

棚车计划

为了执行计划,晚饭后布洛克和我就前往距离茅屋约一英里远的棚车。依事情后来的发展看来,我们这么晚才出发,实在非常愚蠢。不过,我们终究安全抵达了目的地,并在十点左右准备就绪。我们将棚车下半边的门关上,上半边的门则敞开以便侦测;当然,我们面对着已遭弃置的"柏玛",不过在伸手不见五指的黑暗里,我们什么也看不到。起初的一两个小时,一切都很平静;由于一片死寂,周遭气氛显得异常单调,充满压迫感。忽然间,我们右手边传来枯枝断裂的声响,告诉我们有某种动物在附近出现。接着又传来一声笨重的落地声,似乎是某个庞大的身躯跃过了"柏玛"。牲畜们变得惶惶不安,我们可以听到它们不停走动的声音。随后又是一片死寂。在这节骨眼上,我向我的伙伴提议,或许我该爬出棚车,伏在附近地面上,这样才能看清楚狮子是否带着猎物走过来。不过布洛克劝我留在原地;几分钟后,我万分庆幸自己听从了他的建议,因为就在我们不知不觉中,其中一只食人狮悄悄潜近,我们几乎进入了它的攻击范围内。虽然事先已要求将"柏玛"的出口全数封锁,而一如我们预期的那样,我们确实听到狮子抓着猎物打算穿过围篱的声音。不过,事实显示出口的封锁不够牢靠,我们还纳闷着狮子为何在"柏玛"刺篱间逗留许久时,它早已顺利脱身,并且悄悄查探了我们所在的位置。

就在那时,我感觉自己似乎看到某样东西正偷偷接近我们,但因为长时间吃力地注视黑暗,我已不太信任自己的眼睛,于是低声问布洛克是否也看见了什么,同时尽可能以步枪瞄准那团黑色物体。布洛克没有回应——事后他告诉我,其实他也觉得看到某样东西在动,却不敢说出来,以免我开枪,导致前功尽弃。大约一两秒钟的沉寂后,一个巨大的身躯突然扑向我们。"狮子!"我惊叫出声,两人几乎在同一时间开枪——真是生死一线间,只要再慢一秒,那头猛兽肯定会跳进棚车里。就这样,狮子改变了方向,也许是枪的火光让它眼花缭乱,抑或是双枪的爆破声惊吓了它,毕竟经由棚车凹陷的铁皮屋顶反射的枪声,威力可是非比寻常。如果当时我们两人不够机警,一定会有人让狮子抓去吧。这回我们非常幸运,再度死里逃生。第二天早上我们发现,布洛克的子弹嵌入的沙地,距离狮子留下的脚印不远,只差一两英寸就击中狮子了,而我的子弹却怎么也找不着。

我与狮子的第一次交手,就这样宣告结束。

第四章
修建察沃桥

尽管这期间意外频传,铁路修筑工程仍持续进行着,而我初抵察沃便开始的首要工作也已经完成——拓宽岩壁切口,以便铁路通过并横越河流。为了加紧赶工铺设铁轨,原本的岩壁切口仅容一座机台通过,因此,任何稍微突出载货棚车或卡车外的物品,都会卡在凹凸不平的岩壁上。我亲眼目睹守车车厢①半掩的车门在通过时撞得支离破碎,于是立刻派出钻孔工人,快速挖出足够的空间,让所有车辆通行无阻。开挖工作进行的同时,另有一组人马负责铺设桥梁的地基,这座桥梁将从岩壁切口横跨溪谷,通往察沃车站。当铁路工程营队还在此地修筑铁道时,由于耗费时间的桥梁工程将会影响铁路工程进度,只好先搭建临时便桥来应变。这座便桥的一端往前陡斜,几乎就要碰到干涸的河床,随后又向上爬升,通往另一端。不过当地基和桥墩完成后,此地将有一座横跨溪谷的铁桥,铁桥两端倾斜度相当,铁轨的铺设也会平顺许多。

其次,我们还得建立一座供水站,对我而言,这是一件非常

---

① 守车车厢,挂在货物列车最后一节的车厢,供列车员执行任务。

愉快的工作,因为我可以在棕榈树的凉爽树荫下,沿河岸溯流而上测量水位。通常我会带着露营装备,在野地里享用午餐,偶尔有朋友同行(如果正好有朋友在身边的话),那是最快乐不过了。印象最深的一次是我和工程队的一名年轻人长途跋涉到上游,由于天气异常炎热,工作完成时我们都累了,因此我的伙伴建议造一艘小筏顺溪而下。我相当怀疑这个计划的可行性,不过他依然决定试试,于是我们挥动斧头开始动手,很快便做好木筏的雏形,再用此地蔓生野草的根须捆扎木头。木筏完成后,我们将它稍稍推离原本搭造木筏的地方,因为那里有些小漩涡,然后年轻工程师便跳上木筏。一切都很顺利,但到了中游,我还在兴头

在野地享用午餐,偶尔还有朋友同行(左为作者,中为罗森先生)

上时，木筏突然优雅地翻了身。我赶紧协助伙伴上岸，以免遇到河里潜藏的鳄鱼。确定除了落水外并未在这次冒险行动中受伤后，伙伴和我开心地笑了。

除了类似这样偶尔发生的轻松插曲外，我的生活其实非常忙碌。监督各项工程，加上近百件其他任务，让我整天忙得团团转，到了晚上，还得处理工人间发生的争端、听取各阶级军官或工人们的报告和申诉，同时还得学习斯瓦希里语。而这个地区的主要工程——建造跨越察沃河、供铁路通过的桥梁——的准备工作，也如火如荼地展开；这些准备工作大半由我负责，我们必须测量河流的各个区段，调查河水流速、洪汛期及枯水期水量，然后完成所有相关工程的计算。完成这些前置作业后，我标出桥墩和桥柱的位置，紧接着开始打桩。中间那两根桥柱特别伤脑筋，因为河水数次溃堤，最后只得筑坝堵水、将水抽干，才能接续中断的工作。随后我们发现，为了让基座够坚固，桥柱必须打得比我们原先估算的还深。事实上，我们不断往下挖，我甚至一度感到绝望，认为不可能找到坚固的底座。正想重新打桩时，幸好皇天不负苦心人，工人们终于挖到坚硬的岩层，足以安置巨大的桥基。

意外之喜

另一项我们必须克服的大难题，就是当地缺乏合适的石头。当地并不是没有石头，相反，这一整区多的是石头，只不过这里的石头异常坚硬,非常难处理,用来盖桥得花上一大笔经费。我花了好几天时间,筋疲力竭地在荆棘丛生的荒地里寻找合适的建材,但仍一无所获。就在我开始盘算或许只好用铁柱来当桥柱时,竟然有了意外的发现。那天布洛克和我外出打猎,听到灌木丛处传来珠鸡的叫声,于是我绕到另一边围堵,等布洛克一开火,它们就会自投罗网,跑向我这边。我在峡谷边缘就位,单脚跪地蹲在羊齿植物丛里。一只鸟从我头上飞过,但我根本还来不及装填子弹,只得眼睁睁坐失良机,而且再没有第二个机会打中它们,布洛克已抢先一步下手,以一流枪法瞬间击落一双飞禽。就在这时,我发觉膝下的地面非常坚硬,检查后发现这片峡谷的侧边由石头组成,而那正是我所需要的建材。对于这项意外发现,我非常开心,不过接下来我得面对一堆棘手的问题,例如:此地与桥梁所在地间的遥远距离,以及搬运过程的困难。最后,我发现唯一的办法就是紧挨着溪谷架设采矿轨道,接着拉一条临时便桥越过察沃河,然后沿河而下,再渡河抵达桥梁工程所在的位置。于是,我立刻派人砍伐树林,清出一条可供台车双向通行的路径。一天早上,当工人们正忙着的时候,一只体型很小的羚羊——当地人称为"啪"——跳了出来。它发现周遭全是人,工人的大声叫嚣令它又惊又慌,于是笔直冲向印度军官希尔·沙阿,希尔立刻拿出毯子罩住

很快它就成为讨人喜爱的宠物

第四章 修建察沃桥　　35

它，一把将它擒住。当时我正好来到现场，因而救了这可爱的小动物一命。我将它带回营帐，很快它就成为讨人喜爱的宠物。它的确非常温顺，吃饭时甚至会跳上我的餐桌，从我手中就食。

供台车通过的路线清理完毕后，接下来的工作就是建造便桥。我们砍下附近的棕榈树和木头，凑合地搭建了两座便桥。当然，河水一旦泛滥，八成会冲走它们，不过幸好工程完成前，这事并没有发生。搬运石头的输送线在很短时间内就完成了，台车载着石头和沙土快速往返其间，这些沙土量多质佳，是我们在谷底发现的。有一天，发生了一件很有趣的事。当时我正好拿着相机，打算拍摄一块巨石被拖过便桥的画面。由于台车承载的重量很大，操纵时必须十分小心，石匠领班西拉·辛哈因而站在石头上指挥方向，工程监督普尔肖坦·胡吉则负责指挥工人在前后拉曳绳索，好让台车在斜坡上颠踬时保持平稳。然而，我们没发现河水冲走了便桥底座的一块梁木，于是当台车加上石头带着千百斤重量来到毁损桥段时，台车忽然往前翻覆，连车带人整个冲进河里，我也正好在这一刻按下快门。为了闪避落下的巨石，辛哈纵身跳入水中，胡吉和其他工人则逃命似的爬回岸上。这一切形成一幅滑稽至极的景象，而意外发生的那一刹那，我竟然拍下了照片，真是千载难逢的机会。幸好所有人都毫发无伤，石头后来也完好无缺地吊了上来，只是过程麻烦了点。

这件事发生后不久，我旗下的工人差一点制造了一桩不幸的事件。那天我独自搭乘空台车返回采沙场,台车由两名健壮的普什图人①推着。我们一下子便来到非常陡峭的斜坡,再往前就是渡河的木桥。工人们到了这里时,习惯上并不会在台车两侧跑动,而是站在台车上,让台车在重力加速度下往前滑下陡坡,如需减缓速度,其中一人会用随身携带的棍子扣住轮轴当作煞车。不过这次控制刹车的棍子竟然不小心掉进水里,于是我们在没有任何阻力的情况下,沿着山坡俯冲而下。靠近桥的地方正好有个急转弯,我心想台车恐怕会在这里冲出轨道,尽管如此,我还是认为留在车上比跳车逃生来得安全。接下来,我发现

为了闪避落下的巨石,辛哈纵身跳入水中

① 普什图人,分布于阿富汗东南部和巴基斯坦西北部的民族。

自己头前脚后飞跃桥侧,只差几厘米的距离,我的头就会撞上突出的梁木,真是惊险。很幸运,我摔落在河边的沙地上,弹出我的沉重台车就在不远处砰然落地。令人欣喜的是,这次意外也没有任何人员伤亡。

第五章
与工人的冲突

察沃桥的修筑工程似乎注定永远无法平静无事地进行。前面我已描述过狮子为我们带来的麻烦,然而,这两只吃人猛兽不来骚扰我们时,工人间发生的其他问题,也非常令人头痛。找到适合造桥的石头后,我向位于沿岸的指挥部征求专事桥梁修砌的石工。前来的工人大部分是普什图人,我原以为他们都是专业石匠,但不久便发现,其中许多人根本连最起码的切割概念都没有。他们原本只是普通工人,之所以冒充石匠,是为了赚取每月四十五卢比①的月薪,这比一般的十二卢比高出很多。发现事情真相后,我马上制定了一套"论件计酬"制度,拟妥薪资核发标准,让真正优秀的石匠可以赚到应得的四十五卢比月薪(如果他愿意的话,甚至可以赚取更多),至于那些滥竽充数者,只能得到与一般工人同样的报酬。然而人性总是丑陋的,由于冒充者占了绝大多数,他们于是胁迫其他人放慢速度,保持相同的工作量,希望借此迫使我放弃论件计酬的薪资制度。然而,我无意这样做,我知道我只是让每个工人得到他应得的。

---

① 卢比,印度及巴基斯坦的货币单位。

这些石匠彼此间不停发生争斗，我经常必须前往营区平息骚动，并把印度教徒和穆斯林隔开。其中有一次，类似的严重暴动却有了相当有趣的后续发展。某天傍晚太阳下山后，我正坐在营门前，突然听到仅隔数百码外的石匠营区传来一阵大骚动，不久，一位印度军官冲进我的营帐，告诉我工人正拿着棍棒或石块互相厮杀。我立刻和他跑回营区，控制场面后，发现七名伤势严重的工人直挺挺地躺在地上。我将这些受伤工人带回自己的营区，让他们躺在"恰波夷"（土著的床）上。由于布洛克当时正好不在，我只好尽我所能扮演临时医生的角色，缝合伤口、贴上绷带等，能做的都做了。就在这时，一名工人忽然大声哀嚎，并用一块布盖在脸上，好像就要死掉似的。我把布揭开，发现那正是鼎鼎大名的石匠卡里姆·布克司，他是工人里最会惹是生非的问题人物。我小心检查他的身体，却找不出问题所在，因而判断他可能受了某种程度的内伤，于是告诉他，我将会送他到沃伊（沿铁路下行约三十英里）的医院接受适当的治疗。随后他就被抬回他的营帐，一路上像杀猪般不停呻吟。

他一被抬出去，印度军官就来告诉我布克司根本没有受伤，其实他就是引发这次暴动的人，而之所以假装伤势严重，正是为了逃避惩罚，因为他知道如果我发现他就是煽风点火者，肯定会施以重罚。听到军官这么说，我下令布克司不必和其他人搭乘特别列车前往沃伊，但他似乎还有别的把戏。当天晚上十一点左右，有人叫醒我并要我赶紧到石匠营区看看，有一名工人似乎就快死了。我立刻套上靴子、拿起白兰地，跑到下边的营帐，但当我发现徘徊在鬼门关前的竟是布克司这小子时,实在又好气又好笑。我明白他只是装病,不过当他要求吃些"搭瓦"(药)时,我很认真地告诉他,隔天早上会给他一些很好的"搭瓦"。

让恶人伏法向来是我的习惯;第二天中午,我召唤布克司,不过其他人却告诉我,他病得无法走路,于是我命人将他带来。几分钟后,他躺在"恰波夷"里让四名工人抬了进来,我看得出来,那四名工人心里明白他只是在装死。另外有一群人大概是他的朋友,围在一旁,满心期待地等着看长官如何受骗。当他的床放在我身旁的地上后,我掀开他盖在自己身上的毯子,仔仔细细替他检查,同时为他量体温,确定他没有发烧。他假装病得非常严重,再次要求吃一些"搭瓦"。当我确定一切如军官所言全是"布达玛"(诡计、恶作剧)后,我告诉他,我会给他一些非常有效的"搭瓦",同时将毯子拉过他的头,小心覆盖住他。之后我就近从木匠的工作台上抱了一堆薄木板放到床下,并点火燃烧。那名骗子隐约感觉到热度,从毯子一角偷偷往外瞄,当他看到身旁窜起的烟雾和火苗时,立刻将毯子丢开并从床上跳起来,嘴里大声喊着:"贝门夏夷坦!"(残暴的恶人),随后像鹿一般飞快冲向营地的出入口。一名信奉锡克教的士兵拿着一根粗棍在他身后追赶,并在他夺门而逃前,结结实实地朝他的肩膀打了好几棒。他那群笑翻了的同伴对着我大喊:"撒巴西,撒伊巴!"(干得好,先生!)不久,他回来找我,双手交握请求我的原谅,我毫不犹豫地答应了,毕竟他是一名聪明的工人。此后布克司没再为我惹来任何麻烦。

第五章　与工人的冲突

这件事过后几天的早上，我刚结束在树上伏击食人狮的守夜工作，正准备返回营地。我心血来潮地走到采石场，却发现那里竟然一片寂静，我那群偷懒的工人全悠闲地伸直了四肢躺在树荫下，有的在睡觉，有的在打牌。我躲在灌木丛里观察了好一会儿，突然想到该给他们一点教训，于是拿起步枪，朝他们的头顶开火。枪声响起，仿佛变戏法般，眼前的景象刹那间改变了，每个人飞快奔回自己的工作岗位，凿子和槌子的声音热闹地滚滚响个不停。几秒钟前，这里还是一片宁静呢。当然，他们以为我还在数米外，并未发现他们的行为，当我高喊"太迟了！我已经观察你们好一阵子了"时，他们惊愕不已。我对在场的所有人处以重重的罚款，并且立刻降了领班的职，发生这种事情，显然是他失职。处理完毕后，我便走回自己的营帐，不料还没踏进营门，两名无赖工人跟跟跄跄跟上了我，趴跪在地，请求上帝作证我刚才从背后射击他们。为了让这个荒谬的无稽故事看起来真有其事，他们还要求一名伙伴帮他们在背上弄几个像是枪伤的洞，而且伤口鲜血直流。不幸的是，那天我带的是步枪而不是猎枪，他们也忘了在衣服上弄出相对的洞。于是这一连串精心策划的谎言，不但让他们成为同伴的笑柄，还被罚了更多的钱。

全身而退

不久，工人们终于了解，我坚持每个人领多少钱就得做多少工，而且不容许任何事阻止我将这个理念付诸实行，因此他们认为，最好不动声色地除去我这个眼中钉。他们在某个晚上召开了会议，与会的每个人都发誓保守秘密；经过长时间的协商，他们拟定了以下计划：隔天早上，趁我到采石场进行例行巡察时将我谋杀，然后把尸体丢进丛林，如此一来野兽就会吃掉尸体，他们便可对外宣称我命丧狮口。这令人振奋的计划一提出，立刻赢得所有与会人士的同意，于是每个人在长纸片上捺下自己的指印，立誓为盟。不过，散会后不到一小时，其中一名共谋者爬进营帐叫醒我，向我示警。我谢谢他知会我，但还是决定第二天照常前往采石场。尽管事已至此，我还真不相信他们有本事执行这么恶毒的计划；我一厢情愿地认为，也许他们只是企图吓唬我。

第二天早上（九月六日），我照常沿着矿车轨道前往偏僻的采石场。当我来到一处弯道时，石匠领班西拉·辛哈这个善良的好人小心地钻出灌木丛，警告我不要再往前走。当我问他为什么时，他回答不敢说，不过他和其他二十名石匠那天都不会上工，因为他们担心采石场会出事。这时我开始觉得前一晚听到的似乎真有其事，不过我笑了笑，向辛哈保证不会有事，同时继续往前走。当我抵达采石场时，一切看来非常平静，工人们各自散开，努力工作着。但不久我就注意到他们偷偷交换眼色，空气里也弥漫着不寻常的气氛。当我来到第一组工人旁，一脸奸诈的军官立刻告诉我，在溪谷上方工作的人不服从他的指挥，问我是否愿意去看看。我马上察觉这是个陷阱，他们打算以此将我诱骗到狭窄的溪谷，在那里，只要前后各有一队人马围堵，我就插翅难飞了。然而我还是觉得应该看看事情究竟会如何发展，于是跟着他来到溪谷。当我们来到另一组工人附近时，那名军官老远就指出两名工人，说他们就是拒绝命令的人，我猜他大概认为我不可能活着离开这个地方，所以随便指认了谁都无关紧要。我和平常一样将那两名工人的名字记在笔记本里，接着移动脚步想往回走。这时突然一阵呐喊声响起，大约有六十个人扯着喉咙一同叫喊，而之前经过的工人队伍也传来回应，总数大概有一百人。两队人马拿着铁撬或挥舞着沉重的锤子，慢慢逼近置身溪谷狭缝的我。我静静地站着，等待他们进一步的行动，随即其中一人冲过来抓住我两手的手腕，大喊他就要"因为我而被吊死或枪决了！"——这举止相当奇怪，不过当时他确实是这么说的。我轻易就挣脱双手，并把他甩了出去，但此时包围我的圈子也缩得更小了，眼前尽是邪恶、凶残的脸孔。一名体格魁梧的匹夫害怕成为率先攻击的人，于是抓起身旁的人丢向我，只要他顺利将我击倒，我绝不可能再活着站起来。然而，我快速挪开脚步，而那名企图撞倒我的人则狠狠摔落在岩石上，并重重地跌落下来。

趁着这一瞬间的迟疑，我赶忙抓住机会跳上岩石，并在他们来不及回过神前开始用印度斯坦语①对他们大声说话。很幸运，服从习性依然控制着他们，让他们注意聆听我说的话。我告诉他们，我知道他们打算谋杀我的阴谋，如果他们希望这么做的

---

① 印度斯坦语，阿拉伯语、波斯语混合的印度方言，通用于印度北部。

话，当然可以这么做；不过，如果真的动手，他们之中有很多人必定会被吊死，因为政府很快就会查明真相，而且不会相信他们编造我被狮子抓走的故事。我告诉他们，我明白他们会做出这么愚蠢的事是受到少数几名恶棍的胁迫，并呼吁他们不要继续被别人利用。即使谋杀我的计划真的成功，难道政府不会立刻派另一名长官来管理他们，而谁又能保证新长官不会更加严厉？他们都知道，对于认真工作的人我向来很公平，只有浑水摸鱼的人才会怕我，难道正直而自重的普什图人要让这几名无赖牵着鼻子走？他们静下来听我说话，我觉得稍稍安心了点，同时继续告诉他们，任何不满的人可以马上回蒙巴萨，至于留下来的人只要重回工作岗位，同时不再策划任何阴谋，我将既往不咎。最后我要求愿意重回工作岗位的人把手举起来，立刻，在场所有的人全都举起了手。我知道胜利已属于我，于是勒令解散，我跳下石头，若无其事地继续巡察，四处检测石头，同时检查完成的工程。不过，工人的情绪仍相当不稳定，一直无法定心工作，直到一小时后，当毫发无伤的我朝察沃方向往回走时，他们才真的大大松了一口气。

不幸，危机尚未解除。就在我转身回家的路上，他们再次阴谋叛变，同时召开另一次会议，拟定新计划，打算在当天夜晚谋杀我。这次我很快就从计时员那里得到消息，他同时还告诉我，他不敢出门点名，因为他们扬言要连他一起做掉。对于这个进一步的暴动，我在第一时间立即发电报给铁路警察，并且通知区域驻防官怀特黑德先生，他迅速行军二十五英里前来支援。我确信就是因为他立即采取行动,我那晚才得以幸免。两三天后,铁路警察赶到,逮捕了这次叛变主谋,他们全被押解至蒙巴萨接受英国领事克劳福德先生的审问;其中一人将企图谋杀我的计划细节全盘供出,于是罪证确凿,所有恶徒均获判有罪,并依情节轻重处以不等徒刑。此后,我不再因为叛逆工人而头痛了。

第六章

恐怖时期

布洛克和我躲在载货棚车里等着伏击的那晚,狮子似乎受到了惊吓,很长一段时间,它们远离察沃,不再骚扰我们。事实上,直到布洛克前往乌干达展开"萨伐旅"(长途游猎)后不久,它们才再度出现。拜狮子所赐,我们得到片刻喘息,这时我突然有个主意,如果它们再度来袭,也许陷阱将是捕捉它们的最好机会;假使我能制造一个陷阱,里头安排几名工人在安全无虞的情形下当作诱饵,相信狮子会为了猎物而进入,如此一来就能抓住它们了。于是我马上展开行动,并在很短的时间内,用枕木、铁轨、电缆线和一副重锁链搭建成一座相当牢靠的陷阱。这个陷阱区隔成两个空间,一间属于工人,一间属于狮子,其中一边有一道拉门供人进出,工人只要进入这个空间就百分之百安全,假设狮子进入另一个空间,他们和狮子之间隔着一堵由铁条形成的墙,铁条的间距仅有三英寸,而且上下端全紧紧嵌进厚重的枕木里。当然,供狮子进去的另一道门位于陷阱的另一边;简言之,整个陷阱以一般捕鼠器的原理搭建而成,只不过它毋需为了关上门而让狮子抓走诱饵。这部分的装置采用以下方式加以替

陷阱一边供狮子进入的门

代：在狮子入口处的门顶上固定一副重锁链，链条两端沿着门的两侧垂至地面，然后再以粗实的电线每隔约六英寸绑上短铁条，如此一来便形成一扇可伸缩的门，不用时可收叠成一小块，高卷在门顶，并以一块用铁条做成的杠杆让门保持在拉起状态，杠杆上绑着电缆加以固定，电缆的另一头则拉至笼子底下的夹层，和隐藏式弹簧相连。狮子一进入陷阱就会踏到弹簧机关，它的体重将松动绳索，门就会应声在它背后关上，由于门会卡在由两条嵌入地面的铁条所形成的凹槽中，它绝无法将门推开。

为了这个陷阱，我们费了好大一番工夫。用来制作门的铁条必须钻孔，才能让电线穿过并绑上铁链，但我们因缺少钻孔工具而不知所措。不过，我忽然想到，我的点三〇三步枪的坚硬子弹应可射穿铁片,于是做了个实验,同时很高兴发现它打出来的洞就像钻孔机钻出的那般平整。

陷阱完成后,为了进一步诱骗狮子,我在它上方搭了帐篷,又在它四周围上异常坚固的"柏玛"刺篱。在围篱后方有个小洞供人进出,进入时人们会在背后拉上些许灌木以遮掩入口;笼子正前方的另一个出口则为了狮子而敞开。当我向那些自以为是的人展示我的发明时,他们总认为,狡猾的食人狮才不会走进我特地准备的接待室;但不久后,他们的预言很快就被证实是错的。刚开始的几个夜晚,我自己待在陷阱里当饵,可是除了彻夜无眠、极端不适和惨遭蚊子叮咬外,什么事都没发生。

事实上,狮子已好几个月没攻击我们了,不过它们在其他地

陷阱完成后,我在它上方搭了帐篷

第六章 恐怖时期　　49

区的恶行我们仍时有所闻。我们在棚车守夜后不久,铁路工程营队有两个人被抓走,十英里外的恩戈马尼也有一人遇害。事隔不久,食人兽再次造访恩戈马尼并抓走两人,其中一人被吃了,另一人受伤惨重,没几天也死了。不过,正如先前提及,这段时间内我们在察沃幸运地免于狮子的攻击,工人们因而相信,他们可怕的敌人已经永远放弃了这个区域,纷纷恢复以往的作息习惯,营区生活也恢复正常。

然而,我们终究还是从这份安逸里惊醒了过来。一个夜黑风高的夜晚,熟悉的惊叫声吵醒了整个营区,我们知道,"邪魔"回来了,新的牺牲者名单也随之展开。这一晚,一群工人因为贪图凉爽而睡在帐篷外,当然,他们原以为狮子永远不会再出现。夜半时分,人们突然发现其中一头猛兽企图闯入"柏玛",瞬时警铃响起,棍棒、石头和火把全往侵入者的方向丢去,但这些丝毫无法阻止狮子,它扑向呆若木鸡的人群,抓走其中一名不幸的受害者,在受害者伙伴的尖叫和呼喊声中,拖着他穿过厚实的荆棘围篱。此时,另一头狮子就在篱外和它会合,它们非常大胆,根本懒得将猎物带到比较远的地方,直接就在距离受害营帐三十码的地方大快朵颐,即使受害者所属队伍的印度军官朝它们连开了好几枪,它们依然无动于衷,无意在结束恐怖大餐前离开。事发后,我暂时没将四散的尸体残骸掩埋,希望第二晚狮子会再回到这里。夜晚来临时我已在邻近的一棵树上就位,等候它们的到来。然而,除了遇见一只土狼外,这回的守夜单调乏味。隔天早上,我得知狮子攻击了距离察沃约两英里远的另一个营区

（此时铁路沿线都有工程进行，营区又比较分散）。狮子在那个营区顺利掠走一名受害者，而且和前一晚一样，在营帐附近就近啃光了受害者。究竟它们如何不发出任何声响而闯入"柏玛"？对我而言，这至今仍是个谜；我一直以为不太可能有动物能穿越这么厚的刺篱，然而它们不但能一再通过，还不会制造出任何声响。

这起事件后，连续一个多星期，我每天晚上都到可能出事的营区附近守夜，但全部徒劳无功。也许狮子看到我就转移阵地，也许是我运气太背，它们虽然从不同的地方抓走了一个又一个人，却从没给我任何机会向它们开火。连续不断的守夜是最沉闷又最令人疲劳的工作，但我觉得它是我的职责，因为工人们自然希望我能保护他们。我这辈子从未有过如此神经紧张的时刻——听见恐怖怪兽的低沉咆哮声越来越接近，因而知道黎明前有人或我们其中之一注定要成为狮口下的亡魂。一靠近营区，它们便会停止低吼，告诉我们狮子正慢慢潜近它们的猎物。"小心，弟兄们，邪魔来了。"但事实证明这些示警完全无用，痛苦的尖叫声终究会打破宁静，隔天早上点名时，又会有人失踪。

噩梦何时结束？

夜复一夜承受这样的挫败令我十分沮丧，很快我就想不出任何新法子了；这些狮子不但是如假包换的"邪魔"，而且仿佛还有魔法保护，总是能趋吉避凶。正如前面我提过的，穿越丛林追踪狮子的想法绝无法奏效,但我总得做点什么来提振工人的士气,于是接连几个疲累的夜晚,我匍匐爬过营区周围那些可恨的荒原上的浓密灌木丛。事实上,如果我在这几次行动里遇见狮子,事情的发展可能是我会加入新的亡魂名单,而不是成功射杀了它们其中之一,毕竟当时所有的情势都对它们有利。这次我同样有很多帮手,每晚还有几位自沿岸来到察沃的文官及陆海军军官守夜,目的正是射杀那胆大妄为的敌人。然而,我们全都与成功绝缘,那两头狮子似乎总有办法避开岗哨,同时成功掳获猎物。

其中一个特别的晚上令我记忆深刻。狮子从车站抓走了一名牺牲者,并带到我的营帐附近啃噬,我可以清楚地听到它们嚼碎骨头的声音,那令人毛骨悚然的呼噜声弥漫在空气中,在我耳畔回响了数日。最令人害怕的是那种无助的感觉;当时即使走出营帐也没有用,那名可怜人早已身亡,四周又一片漆黑,不可能看见任何东西。有六名工人就住在离我很近的小型帐篷里,当他们听到狮子享用大餐的声音时饱受惊吓,因而大声哀求我,让他们进入我的"柏玛"里,我当然愿意,但一会儿我突然想到他们帐篷里好像还有一名病人,一问之下才发现他们竟无情地将他留在那里。我赶紧找了几个人和我一起去将他带过来,不过进了帐篷后,我在灯光下发现那可怜的人再也不需要保护了,他在遭同伴遗弃时,就因惊吓过度而咽了气。

此后情况变得越来越糟。一直以来都只有一只狮子负责攻击和劫掠,另一只则在灌木丛外守候。然而,此时它们开始改变

他们发现他卡在"柏玛"丛里动弹不得

战略,一同进入"柏玛",然后各抓走一名牺牲者,两名斯瓦希里脚夫就这样在九月的最后一个星期同时遇害,其中一人当场惨遭吞噬,另一人则呻吟了很久,当他吓坏了的同伴最后鼓起勇气前去援救时,才发现他卡在"柏玛"丛里动弹不得,显然这次狮子没办法将他拖走。第二天早上我看到他时他还活着,可惜由于伤势太重,来不及就医就死了。

这一事件发生数天后,那两头猛兽对本区最大的营地展开了最凶残的袭击。基于安全考量,这个营地与察沃车站仅咫尺之隔,而且就位于铁路督察员所住的铁皮小屋附近。那个死亡之夜,两头食人狮突然扑向惊吓万分的工人,即使隔着一段距离,我还是从我的"柏玛"里听到工人们惊慌痛苦的尖叫声。随后，当猛兽带走不幸的牺牲品，并在帐篷边开始享用恐怖大餐时，工人们高喊："它们带走他了！它们带走他了！"铁路督察员达尔盖恩先生朝狮子发出声响的方向开了不下五十枪，但它们丝毫未受惊吓，依然留在原地，直到大餐结束。第二天早上检视现场后，我们立刻出发追踪狮子。达尔盖恩先生确信他射中了其中一只，因为沙地上有一道痕迹，看来好像是受伤后所留下的足印。我们小心翼翼地追踪了一段路程后，突然发现自己进入了狮子的地盘，迎接我们的正是狮子低沉的怒吼声。我们谨慎地往前迈步，同时拨开两旁的树丛，在昏暗中我们原以为看到一头小狮，再往前细看，才发现是那名可怜工人的骸骨，显然食人狮因为我们接近而抛下了他。他的脚、一只手臂和半边身体已被吃掉了，至于让我们误以为是狮子受伤而留下的记号，则是另一只手臂的僵硬手指沿着沙地划下来的。此时两只猛兽早已远远地退回茂密的丛林，我们根本无法再继续追踪，只好将工人的残骨掩埋，再次怀着失望的心情返回营区。

现在，即使世上最勇敢的人都无法再忍受这种永无止境的惊恐，更何况是普通的印度工人。这次事件令整个营区极度惶恐，因此我当天下午（十二月一日）返回营区后，发现工人们全体罢工，等着和我谈判时，我一点也不感到意外。我邀请他们前来，他们成群涌入我的"柏玛"，告诉我他们不愿再为任何事或任何人留在察沃了，当初他们从印度来到这里，是因为和政府签订了工作契约，而不是为了成为狮子或"邪魔"的食物。他们下了这道最后通牒后不久，便开始集体溃逃。数百名工人躺在铁轨

在水塔上安身

上，并在火车头撞上前拦下了第一班通过的火车，接着爬进车厢，不顾一切地把行李丢进去，就这样逃离了这个受诅咒的地区。

之后铁路工程完全停摆，因为在接下来的三个星期里，除了建造防狮帐篷供勇敢留下来的工人使用外，几乎一事无成。这些庇护所架设在水塔、屋顶或支架等任何安全的地方之上,有人甚至在帐篷底下挖洞,晚上就钻进洞里,然后用重重的木头盖在上面。所有的一切形成一个既怪异又有趣的景象。每一棵尺寸合适的树上,只要树枝承受得住,几乎都绑满了吊床,有些甚至还超重。我记得有一晚营区受到攻击,一大堆人爬到同一棵树上,结果树因无法负荷而下垂,发出劈啪的断裂声,树上惊慌得尖叫成一团的工人因而跌落在他们避之唯恐不及的狮子附近。幸好之前狮子已捕捉了一名牺牲者,正忙着进食,根本无心留意其他事。

第七章
区域驻防官死里逃生

工人出逃后,我立刻写信给区域驻防官怀特黑德先生,请他前来为我的屠狮行动助上一臂之力,同时尽可能调拨几个"阿司卡力斯"(当地原住民士兵)和他同行。他回信答应了我的邀约,并告知会在十二月二日(亦即工人出逃后第二天)晚餐时分抵达。由于他的火车应该会在傍晚六点左右抵达察沃,于是我派随身仆役到车站接他,顺便帮他扛行李。然而,那名仆役不久便跑了回来,浑身发抖,告诉我那里根本没有火车或任何人迹,只有一头巨狮站在月台上。我完全不相信这件不寻常的事,因为当时工人(他们向来没什么胆量)由于饱受惊吓,只要在丛林里看到土狼、狒狒,甚至狗,都会误认为是狮子。然而,第二天我便发现他所说的的确是事实;那天晚上,车站的站长和信号兵为了躲避食人狮的攻击,将自己锁在车站里不敢出来。

我等了怀特黑德先生一会儿,但他一直没出现,我认为他大概将行程延到了第二天,于是和平常一样独自用餐。吃饭时,我听到几声枪响,不过并未特别留意,因为在营区附近一带使用步枪是稀松平常的事。再晚一点,我照样出门守候那两个难以捉摸的敌人，并在以枕木搭建的木笼就位，那座木笼高架于可能遭到攻击的帐篷旁。不久，我很惊讶地听到距离木笼约七十码远的地方，传来了食人狮的咆哮、呼噜声及嚼碎骨头的声音。根据以往的惨痛经验，只要野兽抓了我们其中之一当作食物，立刻可以听到尖叫或喧嚷声，但此时营区并未传出任何骚动，我一时不知它们究竟从哪里弄到了食物。我认为唯一的可能，就是它们攻击了某个毫无戒心的可怜旅人。过了一会儿，我看见它们在黑暗中闪烁的眼睛，并尽全力谨慎地瞄准和开火，不过它们对子弹的唯一反应，就是带着正在啃噬的猎物安静地退到小斜坡后，如此一来我便看不见它们了，它们就得以慢慢享用爪中大餐。

我在以枕木搭建的木笼就定位

天一亮我走出木笼,朝昨晚听到狮子动静的地方前进,不料在途中遇到了迟来的客人怀特黑德先生,他看来非常苍白憔悴,蓬首垢面。

"你究竟从哪里来?"我大叫,"怎么昨晚没来吃晚饭呢?"

"这真是你对邀请前来吃晚饭的伙伴最好的招待。"他没头没脑地回答道。

"怎么啦?发生了什么事?"我问。

"你那可恨的狮子,昨晚差点把我当成晚餐吃了。"怀特黑德说。

"怎么可能?你一定在做梦!"我大声惊叫。

他转过身来让我看他的背作为回答:"这不可能是梦,对吧?"

他的衣服从颈后向下撕裂了一个大洞,裸露的皮肤上有四个明显的爪痕,又红又狰狞,仿佛就要从破衣里窜出来。我不再和他多说,急忙将他带回营帐,为他的伤口消毒、敷药,当我把一切安置妥当,让他觉得比较舒适后,他告诉了我前一晚发生的故事。

由于火车误点,他抵达察沃车站时,天已经黑了。从车站通往我的营帐必须穿过斜坡,和他同行的是一名当地原住民士兵阿布都拉,他紧跟在怀特黑德先生身后,手里拿着提灯。穿过幽暗的坡道前,一切平安无事。然而,走上一半斜坡时,一只狮子突然从高处跳到他们身上,像推骨牌般将怀特黑德扑倒在地,他背上的伤痕就是此时留下的。幸好他带了一把卡宾枪,立刻开

怀特黑德坐在台车上,此地正是那晚他遭狮子扑击的地点

阿布都拉和他的两名妻子

枪射击。枪弹的火花和巨大声响想必让狮子晕眩了一两秒,怀特黑德因而有机会逃脱,但接下来狮子便像闪电般扑向不幸的阿布都拉。这次它马上得手了。可怜的阿布都拉唯一能说的一句话是:"啊!巴瓦那,辛巴。"(啊!长官,狮子。)当狮子拖着他越过斜坡时,怀特黑德又开了几枪,但都没有射中,那头猛兽带着猎物快速消失在黑暗中。当然,昨晚我听到的狮子的进食声,正是它在嚼食可怜的阿布都拉。怀特黑德奇迹似的逃过一劫,而且很幸运,背上的伤口并不深,并未留下任何后遗症。

失之交臂

十二月三日当天晚上,对抗狮子的阵容更为强大了。警察总指挥官法奎哈尔先生带着一队印度兵从沿岸抵达,加入猎杀食人狮的行列。此时食人狮已远近驰名,我们采取了最缜密的防范计划,由法奎哈尔带来的人在距离每座帐篷最近的树上放哨;另外几名官员也从各地前来参与猎捕行动,每个人也以类似的方式负责看守一处狮子可能出现的地点,怀特黑德则和我一起埋伏在架高的木笼里。此外,尽管招来某些讪笑,我的陷阱也准备就绪,而且挑选了两名印度兵在里面充当诱饵。

日落前我们大致已准备就绪,于是各就各位。一切平静,直到九点时,陷阱的门"喀啦"关上的声音令人满意地打破了凝结的寂静。"终于来了,"我心里想,"至少有一只猛兽就擒了!"然而,后来的结果真是令人汗颜。

当诱饵的印度兵在笼子这端点着一盏灯,而且每个人配备了一把马提尼步枪,里面装满了弹药。之前他们已获得明确指令,只要狮子一踏入陷阱就立刻开枪将它击毙。然而,他们并没有这样做。当狮子冲进陷阱并开始用身体疯狂冲撞笼子里的铁栏时,他们完全失去了理智,慌张得忘了开火,就这样僵持了好几分钟,直到在隔壁站岗的法奎哈尔先生向他们大喊并鼓励他们行动时,才回过神来。他们终于开火了,却疯狂地乱扫一通,四周子弹乱窜。怀特黑德和我所在的位置正好迎着子弹,子弹全飕飕地飞到我们身旁。他们不断射击,唯一射中的目标就是其中一个门闩,我们的猎物因而顺利逃走。他们为什么无法杀死它?他们甚至都可以把步枪的枪口直接指在它身上了!对我

一群贾木希人

而言,这永远是个解不开的谜。陷阱附近的确散布着血迹,不过这实在是个聊胜于无的安慰,它让我们知道,曾经手到擒来且注定丧命的猛兽只受了点轻伤。

然而我们并未过分沮丧,天一亮,狩猎队伍就整装出发。我们几乎花了一整天的时间,跟踪狮子匍匐穿越浓密多刺的丛林,虽然耳边一直传来它们的咆哮声,我们却始终无法找到它们,只有法奎哈尔在一头狮子跳过树丛时瞥见了它的身影。接下来我们又花了两天时间做同样的事,而且同样一无所获。之后法奎哈尔和他的印度兵必须返回沿岸,怀特黑德先生也离开前往他驻防的区域,我又再度单独留下来与狮子周旋。

第八章

第一头食人狮之死

盟友离开一两天后,十二月九日天刚破晓不久,我一走出"柏玛"就看到一名斯瓦希里人一脸兴奋,一边跑嘴里一边嚷着:"辛巴!辛巴!"(狮子!狮子!),还不时回头张望。一问之下我才知道,那两头狮子曾到河边帐篷试图抓走一个人,不过没有成功,于是攫走了一头驴子,此刻正在不远处大啖驴肉。我想,我的机会来了。

我急忙回去拿重型步枪,那是法奎哈尔好心留给我的,以备不时之需。在那名斯瓦希里人的带领下,我非常小心地潜近狮子,并衷心希望它们将整副心思放在大餐上。我顺利地靠近它们,透过浓密的树丛,正好可以辨识其中一头狮子的轮廓,不幸我的向导却在此时弄断一截枯枝,狡猾的猛兽听到声响后,以哮吼声传达它的不满,一眨眼就消失在附近更浓密的树丛里。我因再度错失射杀狮子的机会而大感失望,急忙匍匐爬回营区,集合在场的所有人,要求他们带着所有的嘟嘟手鼓、锡罐,以及手边所有可以制造噪音的工具。我迅速指挥他们在树丛一边围成一个半圆形,并命令带头的印度军官,当他估算我差不多已绕到另一边时,就同时敲击所有的鼓和锡罐,制造声响。随后我独自往另一边爬去,并且很快便发现一个好位子,这里正好位于宽阔的动物步道中途,可通往狮子的藏匿处,狮子逃走时可能就会经过。我伏在一座小蚁冢后凝神等待着。不一会儿,我听到工人在前方发出一阵巨大的声响,随即一只没有鬃毛的巨狮出现在这条开阔路上,我欣喜万分。经过这几个月的努力,这是我第一次有这么好的机会瞄准这两头野兽之一,我想象着猎杀它的情景,心中盈满莫大的满足。

致命的失误

它沿着这条路慢慢往前跨步,每隔几秒就停下来观察周遭的动静。我的身体并没有完全掩藏起来,若不是后方噪音吸引了它全部的注意力,它肯定会发现我。既然它并未察觉我的存在,我便一直等它走到距离我十五码内的范围时才用步枪瞄准它。我一动它就看见了我,似乎非常惊讶于我的忽然出现;它前爪嵌入地面,整个身体往后蹲伏,同时发出凶猛的咆哮。我用步枪瞄准它的脑袋,心想它总算成为我的手下败将——接下来的这件事提醒各位,千万不要相信一把没试过的武器——却在扣下扳机的那一刻,惊慌地听到低沉的啪哒声,那声音告诉我,子弹并未成功发射。

更糟的还在后头!我因这突如其来的不幸而惊慌失措,完全忘了左枪管里还有子弹。我从肩上卸下枪想重新装填弹匣,祈祷还有足够的时间。老天保佑,后方工人制造的鼓噪声让狮子分了心,它非但没有向我扑来,反而往一旁的树丛奔去。这时我的神志清醒了,就在它即将跳开的一刹那,发射出左枪管里的子弹。狮子随之而来的愤怒低吼告诉我它已中弹,不过,它还是再次成功逃离了现场,尽管我跟踪它好一段路,最后还是在岩石满布的地区失去了它的踪影。

我生气地诅咒,为何在关键时刻倚赖一把借来的枪?在失望与懊恼中,我狠狠咒骂了枪的主人、制造者及枪本身。当我取出哑弹时,发现撞针并未撞击到底,只是轻微撞凹了弹头;一切都是步枪的错。尽管如此,后来我把枪还给法奎哈尔时,还是礼貌性称赞了一番。其实最令我气恼的是我接连不断的霉运。这个结果让印度人更加相信狮子是邪魔的化身,连枪炮都奈何不了它们。的确,这两只狮子似乎是福星高照。

遭遇如此惨烈的挫败后,唯一能做的当然就是返回营帐。不过回营前我又跑去查看那只丧命的驴子,发现只有驴后腿的部分被吃掉了一些。这是个怪异的现象,狮子吞食猎物时,总是从尾部逐渐往头部啃去,显然它们的大餐一开始就被打断了,我敢断定,为了驴尸,狮子会在入夜后回到此地。附近没有任何树木,于是我命人在十英尺外的地方搭建了一座临时高台。这座"马鞑"(狩猎用树上平台)约有十二英尺高,由四根插入地上的柱子组成,柱子往上聚拢,顶端缚上一块厚木板当作座椅。此外,由于夜晚总是一片黢黑,于是我用粗缆线将驴子的尸体牢牢绑在邻近的树桩上,以防狮子在我还来不及开枪前就攫走了驴尸。

太阳下山后,我在悬空的位置就位,由于为我扛枪的马希纳过于碍手碍脚,我决定独自前往。其实,我当然乐意带他同行,但他咳得厉害,我怕他万一不小心发出声音或做出任何动作,就会坏了大事。黑夜瞬间降临,大地显得异常安静。暗夜里属于非洲丛林的那份寂静,只有亲身体验过的人才会了解,特别是当一个人完全孤寂,身旁毫无同伴时,感觉最深刻。我当时便是如此。孤单与寂静,加上守夜的目的,全都影响了我,原本充满期待的情绪逐渐转为昏昏欲睡,与周遭环境融为一体。突然,树枝断裂的声音惊醒了昏梦中的我,我竖耳倾听,捕捉每一丝声响。我觉得好像听见一副庞大身躯穿过树丛的沙沙声。"食人狮来了!"我告诉自己,"今晚我的运气一定不同了,我肯定会逮到它们其中之一。"接下来又是一片沉寂,我像一座雕像似的坐在高台上,因为兴奋而绷紧了每根神经。不久,狮子是否现身的疑虑尽消,一声长长的咕哝声——当然是饥饿的咕哝声——从草丛那头传来,当它小心翼翼地前进时,沙沙声再度响起。一会儿后,沙沙声忽然停止,接着是一声愤怒的嘶吼,于是我知道它发现我的存在了。我开始害怕这次希望又要落空。

黑暗中的决战

结果并非如此;情势有了意外的发展。狮子开始寻找猎物,而且,它不但没有逃走或是走向事先为它准备好的饵,反而悄悄潜近"我"。大约有两小时的时间,它就在我的建筑旁疯狂而又缓慢地兜着圈子,离我越来越近,我几乎要吓坏了。我不时以为它就要冲过来了;当初建高台时,并没料到会发生这种情况。如果其中一支脆弱的柱子断了,或是狮子跳过十二英尺高的高台……这真不是令人愉快的想法。我开始觉得毛骨悚然,满心后悔自己的鲁莽愚蠢,让自己身陷如此危险的境地。然而,我还是保持不动,甚至连眼睛也不敢眨;持续的紧张使我异常疲倦,到了午夜时分,当某样东西突然"啪"的一声落在我的后颈时,我当时的感受真是只能意会不可言传。我害怕得差点从高台上掉下来,因为我以为狮子从后面跳到我身上来了。一两秒后我恢复了神志,才发现撞上我的只不过是一只毫无杀伤力的猫头鹰,它想必将我误认为树干了——我承认,这在平时绝不值得大惊小怪,但它偏选在那时出现,几乎吓得我手脚瘫软。我不自觉的动作马上引来高台下方一声愤怒的嘶吼。

之后,尽管我因为激动而全身不自主地抖动,但仍尽可能保持不动。不久,我听到狮子向我悄悄匍匐而来。我几乎看不清它的形体,因为它蹲伏在泛白的矮树丛里,不过我看到的已足够达成我的目的。就在它来不及更接近前,我已小心瞄准目标,并且扣下了扳机。枪声响起,随即传出前所未闻的凄厉吼叫,接着是狮子四处乱窜的声响。然而,我再也看不见它了,它纵身跳进了浓密的灌木丛里。为了保险起见,我听声辨位,朝它落下的方位继续猛烈射击。一连串强而有力的怒吼终于慢慢变成沉重的喘息,最后完全停了下来,我相信长久以来折磨我们的"邪魔"之一将不再骚扰我们了。

我一停止开火,纷乱的询问声就穿过黑暗丛林,从四分之一英里外的工人营区传来。我向他们高喊,告诉他们我平安无事,而且一头食人狮已经死了。顿时欢声雷动,每座帐篷传出的欢呼声想必惊动了附近丛林里的生物。不一会儿,我看到一盏盏闪烁的灯光穿越树丛而来。帐篷里的人全都出动了,一边击鼓一边吹着号角跑了过来。他们围着我的高台,出乎意料地在我面前趴跪下来,虔诚呐喊着:"马巴拉克!马巴拉克!"我想应该是"神"或"救世主"的意思吧。依照惯例,我不准搜寻狮子尸体的行动在晚上进行,以防它的同伴就在附近,更预防万一它还活着,突然发动临死前的最后一击。我们一起凯旋回营,整晚疯狂庆祝,斯瓦希里人和非洲原住民更以最狂野、最粗犷的舞蹈助兴。

至于我自己,我焦急地等待黎明,甚至天还没全亮就出发前往事发地点,我还无法完全相信,这次"邪魔"没有以诡异神秘的方式避开我的猎捕。很高兴事实证明我的担心完全不必要;我如释重负,发现经过多次折磨后,自己终于时来运转了。我循着血迹才找了几个地方,就在一处灌木丛后吃惊地看到一头巨大的狮子出现在眼前,它看起来仿佛还活着,正准备一跃而起。我再走近一点,很满意地发现它真真确确死了。不一会儿我的工人全聚拢过来,像小孩子般高兴地又笑又跳又叫,同时把我高高抬起,绕着狮子转圈。这番感恩仪式结束后,我检视狮子的尸体,发现有两颗子弹打中了它,其中一颗击中左后肩,显然这一枪直透心脏,另一颗打中后腿。这真是值得夸耀的战利品,它从鼻尖至尾端的长度达九英尺八英寸〔约二九五厘米〕，站起来的高度是三英尺九英寸〔约一一四厘米〕，总共动用了八名壮丁才将它抬回营帐。唯一美中不足的是它的毛皮上有多处伤痕，这是它经常抓着被害者穿越"柏玛"刺篱留下来的。

它从鼻尖到尾端的长度达九英尺八英寸

第一头食人狮的头

恶名昭彰的食人狮之一丧命的消息很快就传遍了整个地区，致贺电报大批涌进，人潮从铁路沿线涌来，为了亲眼目睹食人狮的风采。

第九章
第二头食人狮之死

千万不要以为随着第一头食人狮的死亡,我们在察沃的苦难就结束了;它的伙伴依然四处逍遥,而且很快就让我们不得不面对这个事实。第一头狮子死后才几个晚上,另一头狮子就试图攻击铁路督察员。它来到督察员住的平房,爬上阶梯,在走廊外不停地徘徊。督察员误以为是喝醉的工人,生气喊道:"走开!"幸运的是,他并没有走出来或打开门查看。狮子想吃人肉大餐的希望就这么落空了,它转而扑抓督察员的几头公羊并当场解决掉。

听到这件事后,我决定隔天晚上到督察员的平房附近守夜。碰巧隔壁就有一间空铁皮屋,屋内还有方便的射击窗口可供使用。我在屋外放了三头发育成熟的公羊当饵,用一根重达二百五十磅的铁条绑着。整晚平安无事,直到天快破晓前,狮子终于出现。它扑向其中一头羊,将羊拖走,同时也一并拖走了另外两只羊和两百五十磅重的铁条。我朝它所在的方向开了几枪,可是四周一片漆黑,举目不见什物,我只击中了一头山羊。每逢这种情形,我总是渴望能有一盏灯。

第二天早晨,我出发追捕狮子,营区里也有几个人和我同行。我发现要追踪羊和铁条的踪迹十分容易,大约走了四分之一英里,我们就已来到狮子享用大餐的地点。它躲在浓密的灌木丛里,一听到我们接近的声音便发出愤怒的嘶吼;最后,当我们更靠近时,它突然发动攻势,以惊人的速度穿越草丛。看到这幅景象,在场的每个人赶紧爬到距离自己最近的树上,只有我的助手威克勒先生从头到尾一直稳如泰山地站在我身边。不过,狮子并没有攻击到底,我们丢了几块石头到它最后现身的草丛里,不见反应,猜想它应该溜掉了。我们小心往前移动,发现它确实逃跑了,留下两具几乎没有动过的羊尸。

再度错失良机

我想狮子很可能像以往一样再回来吃完大餐,于是命人在羊尸外几英尺处搭了一座非常坚固的高台,并在天黑前就位。这一次,我带了为我扛枪的马希纳一起轮流守夜,我已守了好几个晚上的夜,早因睡眠不足而精疲力竭。我刚舒服地打个盹,突然感到有人抓了我的手臂,随后看到马希纳指着羊的方向,他唯一说的字是:"薛尔!"(狮子!)我立刻抓起填满子弹的双管猎枪,耐心等待着。皇天不负苦心人,当我盯着狮子应该会出现的地点时,一阵沙沙声从草丛里传来,我看到它悄悄现身在空地上,并走过我们的正下方。我双管齐发,瞄准它的肩膀,欣喜地看见它因炮弹的力量而倒卧在地。接着我快速换上步枪,但还来不及上膛发射,狮子的身影就已消失在树丛里,我只能在它背后随意扫射。尽管如此,我仍有信心能在早上逮到它,因此天一亮就出发了。我循着血迹轻易追踪狮子一英里多的距离,由于迹象显示它中途休息了好几次,我确信它伤得十分严重。然而,不久血迹不再出现,地面变得崎岖多石,我无法继续跟踪,追捕行动再次徒劳无功。

就在这时,前印度国家铁路局顾问工程师莫尔斯沃思先生代表英国外交部前来察沃视察。检测过桥架和其他工程后,他十分满意,后来还拍了一些照片,在他的慷慨协助下,其中几张照片得以收入这本书里。对于我们必须忍受食人狮带来的种种磨难,他深表同情,同时也替我们庆幸至少其中一只已经毙命。当他问我是否希望能尽快逮到第二只时,我斩钉截铁地回答,我希望最近几天就捕获它,当时他那半信半疑的笑容,我到现在还记得很清楚。

这次攻击后,大概有十天时间敌人都未再现身,我们开始期望它已因伤重而死于灌木丛里。不过我们仍维持晚上的一切警备,也幸亏我们这样做,否则牺牲者名单上至少又要添一亡魂。十二月二十七日的晚上,台车司机的恐怖叫喊声惊醒了我,当时他们就睡在靠近我的围篱外的一棵树上,一只狮子正试图猎捕他们。这个时候跑出帐篷是非常愚蠢的行为,月亮躲在浓厚的云层后,眼前连一码外的东西都不可见,我唯一能做的就是对空鸣枪以吓跑狮子。这一招颇有效用,随后工人们就停止了骚动;不过,显然食人狮已在附近徘徊良久,隔天早上我们发现它曾闯

第九章 第二头食人狮之死 73

入每座帐篷,树下也环绕着它的脚印。

接下来的那个晚上,我来到同一棵树上,希望狮子会再次尝试。那晚一开始就很不顺利,当我爬上树时,手差一点就碰到一尾蜷绕着一根树枝的毒蛇。我当然立刻爬下树,不过我的一名工人只用一根竿子便将蛇解决了。幸好那天晚上晴朗无云,月光照耀下,大地宛如白昼。我一直守到半夜两点,然后叫醒马希纳换班。我背倚着树安稳地睡了大约一小时,忽然一股奇怪的感觉催促我醒来。马希纳仍专注地看守着,但他什么也没看到;我小心地环顾四周,同样也没发现任何异常。我不太放心地准备再躺回去时,忽然觉得好像看到矮树丛里有东西动了一下。我仔细凝视了那里几秒钟,发现我的确没看错。那果真是食人狮,它正悄悄潜近我们。

我们所在树木的周围是一片无屏障的空地,只有一丛丛矮

接下来的那个晚上,我来到同一棵树上守夜

小的灌木散布四处。从我们的位置观看,这只雄伟猛兽善用每处掩护偷偷潜近,真是精彩至极的景象。它的技巧显示,在可怕的食人游戏里它已是个中老手,我决定这次绝不轻举妄动,以免让它有机可乘。我耐心等到它非常接近——大概二十码远——才举起点三〇三步枪朝它胸口射击。我听到子弹击中它的声音,不过很可惜这一枪没能让它毙命,它带着凶猛的咆哮声转身大步跳开。然而,在它从眼前消失之前,我又设法用步枪补了三枪,接着而来的一声嘶吼,让我知道最后一颗子弹也奏效了。

我们不耐烦地等到天亮,并在黎明乍现时立刻出发猎捕狮子。这一次我带了一名原住民向导与我同行,好让自己全心留意周遭的情况,马希纳则背着卡宾枪,紧紧跟在我身后。沿路血迹斑斑,我们循着血迹追踪了不到四分之一英里,就听到正前方传来凶暴的警告性嘶吼声。我谨慎地透过灌木丛往外望,看到食人狮正朝我们这个方向怒目瞪视,并随着怒吼频频展露它的森冷利齿。我马上小心翼翼地瞄准并开火,随即它大步跃起,向我们发动致命的一击。我再度开火将它击倒,但不到一秒钟它又爬起,并在负伤的情况下以最快速度向我冲来。第三枪仍不见效,于是我将手伸向马希纳,希望借着卡宾枪来阻挡狮子。但令我意外的是,我竟然没拿到枪!突来的变数吓坏了马希纳,他早已带着卡宾枪逃往树上。情况至此,除了同样这么做外别无选择,于是我毫不迟疑地攀爬上树。不过老实说,如果不是其中一枪刚好击中狮子的后腿,那野兽肯定早把我吞噬入口。尽管如此,我还是在狮子即将扑向树根前,及时荡上树干,避开了狮爪的扫击。

生死一线间

狮子发现自己慢了一步,转而朝灌木丛踉跄跑去,但这时我已从马希纳手里抓到了卡宾枪。我朝它射出的第一枪似乎就已使它毙命,因为它伏倒在地上动也不动。愚蠢的我立刻爬下树干朝它走去。突然间它毫无预警地跳了起来,再度向我扑来,令我大吃一惊。不过,这次击中胸口和脑门的两枪彻底解决了它。它倒下的地方距离我不超过五码,死状惨烈,临死前还狠狠地咬着一截掉落地面的树枝。

这时营帐里所有的工人已循枪声来到现场。他们对这头杀死众多同伴的猛兽简直恨之入骨,我费尽了九牛二虎之力,才阻

这头狮子总长九英尺六英寸,站起来有三英尺十一点五英寸高

止他们将狮子的尸体撕成碎片。最后,在非洲原住民与工人的狂野欢呼声中,我命人将狮子抬回我那近在咫尺的柏玛围篱。查看后,我们发现狮身上至少有六处弹孔,而它背上稍微嵌入肉里的那发子弹,是我十天前在高台上发射的。这头狮子从鼻尖到尾端总长九英尺六英寸,站起来有三英尺十一点五英寸高,和它的同伙一样,柏玛造成的累累深痕毁损了它的毛皮。

第二只"邪魔"死亡的消息很快传遍了整个地区,铁路附近的非洲原住民特地来到此地,亲眼目睹"邪魔杀手"(这是他们为我取的封号)及我的战利品。最令人开心的是原先逃走的工人成群结队回到察沃,工程得以继续进行,我们也不再受到食人狮的骚扰,让我大大松了一口气。老实说,留意工人在我猎杀了两头狮子后态度上的转变,是一件很有趣的事。他们现在已不想谋杀我了,相反,他们只怕替我做的不够多。为了表达感激之情,他们送给我一只美丽的银盘,上面还有一首用印度斯坦语写成的长诗,叙述众人的努力和我的终极胜利。这首诗在陈述这场灾难时用了些古老的圣经式字词,我将翻译后的版本收录在这本书的附录里。那只银盘对我而言,将永远是我最至高无上的可贵荣誉。银盘上有一段刻文是这么写的:

> 先生:我们——您的监工、计时员、士兵及工人——仅以此银盘呈献给您,借以感激您甘冒生命危险射杀两头食人狮的英勇行为。您的勇敢解救了我们,使我们免遭每晚侵入帐篷抓走身旁同伴的可怕猛兽吞噬。赠此银盘的同

时，我们献上我们所有的祝福，愿您长命百岁，喜乐富足。我们将永远记得您，先生！

您感恩的仆人普尔肖坦·胡吉

谨代表所有您的工人献于察沃

一八九九年一月三十日

在我结束"察沃的食人魔"这个主题前，我想略提一下这两头狮子所享有的殊荣，应该满有趣的。它们的声名可能是野生动物中最突出者，首相还曾经在上议院里特别提出讨论。而前首相索尔兹伯里在国会演讲乌干达铁路修筑所遭逢的困难时说：

"整个工程已延宕了三个星期，因为一群食人狮在当地出现，且不幸养成专吃工人的胃口，除非有铁做的堑壕保护，否则工人拒绝继续工作。在此情况下，铁路工程当然难以继续，在找到充满热诚的猎人解决这些狮子前，我们的进度将严重受阻。"

一九〇〇年三月三日的《观察者报》也曾刊载一篇标题名为《挡住铁路的狮子》的文章，其中几段节录如下：

> 大家想必会想起，相同的事件也曾发生在撒马利亚①的重建，当时撒马利亚人对于魔鬼的恐惧程度，如果比得上

---

① 撒马利亚，古代以色列北国的首都，也是巴勒斯坦北部行政区首府，位于耶路撒冷北部六十七公里处，靠近以色列现在的塞巴斯蒂安村。传说撒马利亚人曾妨碍以斯拉和尼希米重建耶路撒冷圣殿。

今日铁路工人的四分之一,他们想慰藉地方神祇的心态就很容易理解了。若将从亚述王国开始至十九世纪末所有关于狮子的传闻加以收集和比较,我们便会发现:无论就悲惨、凶恶、残酷或纯粹对人的蔑视(不管是装备齐全或赤手空拳、白种人或黑种人)等方面来看,那些狮子和这两头食人狮均无法相提并论……

这整个故事将我们带回如此遥远的年代,同时令我们揣想:前人究竟是如何对抗这样的敌人而存活下来的?因为这些野兽连火(长久以来人类将其视为抵挡肉食侵略者的主要武器)都不放在眼里。令人好奇的是察沃的狮子并未遭毒药毒死,毕竟马钱子碱①不但容易使用且效果显著②。人类应从很久以前就已使用毒药,生活在热带丛林(包括美洲及中西非洲)的人便擅长以奇异的技巧运用毒药。不过没有迹象显示,住在欧洲、亚述及小亚细亚的古人曾应用这种方法杀死狮子或狼。他们企盼帝王、领袖或某位勇士替他们杀死这些野兽。对帝王而言,这并不是打猎,而是一种责任,是全民统治者的责任。忒修斯③铲除路上

---

① 马钱子碱,一种含有剧毒的生物碱,上古时期人类涂抹于箭镞上用来狩猎,现在则当作农药,若小剂量服用,可作为医药中的兴奋剂和兽医药品,大剂量服用将引起痉挛和呕吐,并导致死亡。
② "我想说明一下,毒药当然试过了,但一点用都没有。担任运输工具的动物被舌蝇咬死后,我们把中毒的尸体放在狮子可能出现的地点,但狡猾的食人狮根本碰都不碰,况且它们喜欢活人更甚于死驴。"——原注
③ 忒修斯,雅典的英雄人物,为雅典王爱琴斯之子,一生颇多勋绩,尤以杀死人身牛头怪物弥诺陶洛斯最为有名。

的猛兽和盗匪；赫拉克勒斯①杀死狮子；圣乔治②屠龙，另外还有其他人和他们一样，因此成就永垂不朽的声名。察沃河畔发生的事件，让我们衷心感谢这些英雄对人类所做的贡献，即使他们和我们已相隔久远。当数百盏灯火在丛林里闪烁，当第一只狮子死亡时的欢呼声传遍一座座营帐，当赶来的群众跪倒在午夜的树林里、匍匐在脚下时，帕特森先生一定能深深体会在人类尚未成为万物主宰、分秒都受制于凶残猛兽的那个年代，作为一名英雄或救世主的滋味。

这两头食人狮享有此等盛名算是得之无愧；它们一共吞噬了至少二十八名印度工人，另外还有一堆无从查考的可怜的非洲原住民。

---

① 赫拉克勒斯，希腊神话中的大力士，力大无比，以完成十二项英雄业绩闻名。
② 圣乔治，英格兰的守护神。

第十章
察沃桥的完工

当所有的骚动逐渐平息、食人狮的威胁也不复存在后,一切工程飞快进行着,横跨察沃河的桥也即将完工。随着桥墩和桥座越堆越高,如何将巨石安置于适当的位置,便成为亟待解决的问题。由于缺乏起重机,我打算用几根三十英尺长的铁条搭建一个巨大的角架。首先将铁条顶端拴扣在一起,另一端则以一座大木桩固定,木桩间距十英尺。这项发明彻底发挥了功效,借由绳索及滑轮快速而平顺地将巨石吊至定位,不久,桥梁的石造部分宣告完工。

接下来的任务是在间隔六十英尺的桥墩间架设铁架。我们既没有绞车,也缺乏足够的滑车等器具将这些铁架拉至适当的位置,于是不得不在桥墩间以枕木交错叠起方形的临时桥墩,再以巨型长木搭在石头桥墩和这些临时桥墩上,长木上再铺上铁轨,来自沿岸的卡车载着筑桥用的梁架驶到正确位置后,将梁架吊离,拖走空车,并拆除临时桥墩,最后慢慢放下梁架,摆进预定的位置。当最后一段梁架以相同方式摆好后,我们一秒也不浪费地立刻着手整座桥的接合工作。不久,当第一辆火车通过刚

横跨察沃河的桥即将完工

利用绳索及滑轮,桥墩的巨石顺利就位

完工的桥面时，我感到十分欣慰。

奇异的是，当桥完工且临时桥墩刚清除完毕后不到一两天，一场暴风雨侵袭了整个地区。察沃河的河水急速涨升，很快就漫过河岸，变成滚滚污浊巨流，将树木连根拔起，像麦秆般卷走。河水水位不断暴升，我站在桥上观望，眼见两座台车便桥（前文曾提过，这是当初为了跨溪运送造桥的石头而建的）就要坍毁在不断涨升的大水前。不久，我看见一大堆棕榈树干和铁路枕木以难以抵挡之势，扫过石桥上方不远处的河道转角。我知道这些是从最上游冲下来的便桥残骸，它们伴随着一阵激狂洪水急涌而来。急湍跃过第二座飘摇的便桥，一声闷响后是木材的碎裂声，接着洪水向我扑卷而来，急流后方的两座便桥完全没有留

铁架在正确的位置就位

慢慢放下梁架，摆进预定的位置

下任何痕迹。这一切令我不禁屏息惊叹。事实上，洪水的冲击力非常强大，以至于铁轨扭曲变形，紧紧盘着树干，仿佛它们原本就缠绕在一起。两座便桥的残骸继续往前冲，朝石桥桥墩狠狠袭来。那撞击力道非常强劲；令我感到满意的是，桥身根本不为所动。我看着便桥的残骸旋过桥下，很快消失在前往大海的旅程中。我承认，目睹整个过程时，心中不禁泛起阵阵骄傲。

夜夜惊魂

在察沃，我们的生活里总是充满了刺激。自从营区不再受食人狮攻击后,豹、土狼、野狗、野猫,以及其他住在我们附近丛林里的动物经常前来拜访我们。这些动物对于供应我们食物的绵羊和山羊造成很大的伤害,因此,每当为这些访客准备的陷阱有所斩获时,大家总是非常高兴。其中最具破坏力的是豹,它们之所以屠杀牲口,通常只是为了取乐,而非需要食物。某天夜晚,一头豹无缘无故杀光了我所有的牲口,此后我对它们便一直怀恨在心。那时我大约有三十头绵羊和山羊,用来供应肉食及奶汁。太阳下山后,它们就拴在我的柏玛围篱内某间草屋里。有一晚夜色特别阴暗,畜棚里的极度骚动惊醒了我们,当时食人狮尚未毙命,没人敢出去探看造成混乱的原因。我理所当然地以为侵入者是两只"邪魔"之一,但我能做的也只是朝草屋胡乱开枪,希望借此吓跑它。尽管如此,骚乱还是经过了一段时间才告平息,随之而来的又是一片死寂。天一亮,我马上前往畜棚一探究竟,结果发现我所有的绵羊和山羊全被咬断咽喉,四肢僵直地躺在地上,令我气愤不堪。畜棚的薄壁上钻了个洞,加上四处散布的脚印,我知道这场杀戮的始作俑者是一头豹。它并没有吃掉任何牲口,它杀害羊只,纯粹为了享受破坏的乐趣。

我希望这头豹第二天晚上会再回来享用大餐,如果它真的再次造访,我决定还以颜色。我让羊尸留在原地,命人在畜棚门口搭了一座坚固的钢制陷阱,并以粗链条与外面插入地底的长柱绑在一起;这个陷阱就像一个巨大的捕鼠器,非常坚固,只要豹仔一脚踏入,肯定能逮到它。天黑后,大家紧张戒慎地聚集在我的"柏玛"里,焦虑地竖耳聆听,期待听到豹仔遭陷阱捕获的声

不久，当第一辆火车通过刚完工的桥面时，我感到十分欣慰

完工后的察沃桥

一条临时台车轨道遭洪水肆虐后的情形

音。我们并没有失望；大半夜传来一阵狂吼及胡蹦乱跳的声音。从傍晚开始,我已拿着枪、点着灯枯等了一整个上半夜,所以一听到声音,我即刻冲了出去,身后跟着提灯的"乔奇达尔"(守夜者)。当我们来到畜棚时,豹仔突然在链条可及的范围内朝我们奋力扑来,提灯的守夜者吓得跑走了,只有我独自留在黑暗中。这一夜如前一晚般黝黑,我根本看不到任何东西,不过我知道大略的方位,于是朝那头野兽发射了所有的子弹。我勉强看到它不停地从畜棚的破洞跳进跳出,但不久我的子弹便发挥了功效,它不再挣扎,四周也随即沉静了下来。我向外高喊它已死亡,"柏玛"里所有人立刻提着全部的灯跑了出来。我的印度工头也出现了,他大声喊着他也要报仇,因为那些山羊他也有份。于是

第十章 察沃桥的完工　87

他举起左轮手枪,闭紧双眼朝死豹连开了四枪,当然没有一颗命中,倒是在旁围观的人措手不及,急忙往左右两旁跳开。第二天早上,我正要剥豹皮时,一群饥肠辘辘的坎巴人①碰巧经过。他们借手势请求我让他们帮我完成这份工作,代价是以豹肉作为报酬。我当然同意这项提议,不到几分钟,豹皮很利落地剥了下来,饥肠辘辘的坎巴人也开始狼吞虎咽地享用生肉大餐。

此外,野狗的破坏力也非常强,经常让我们的绵羊和山羊蒙受很大的损失。好几个夜晚,我听到这些家伙蹂躏那些放牧在我营帐外围野地上的可怜生物。它们从不放过任何猎物,真的饥饿不堪时,更会攻击任何生物——不论人或猛兽。有一天,我来到察沃车站(可惜当时没带步枪),一只野狗迎面而来,在距离我三十码远处安然地站着。它长得十分称头,比牧羊犬还巨大,一身黝黑的皮毛,粗尾巴上有一抹白。我很后悔没带步枪,我非常想要一个这样的标本,这次错过后再也没遇到第二次机会。

---

① 坎巴人,居住在肯尼亚、操班固语的民族,以农维生,同时饲养大量牛、绵羊和山羊,长期以来以行商著称。

第十一章
斯瓦希里人与其他原住民

我一直对非洲的不同民族抱持着高度的兴趣,总是善用每次机会研究他们的礼仪和风俗。不过,在察沃我很少有机会这么做,我们附近的区域几乎杳无人烟。当然,在我的工人队伍里有为数不少的斯瓦希里人,还有坎巴人、尼亚姆韦齐人及其他民族,因此我很快就对这些部落的习俗有了些了解。

斯瓦希里人主要住在英属东非沿岸及桑给巴尔,他们是阿拉伯父亲和黑人母亲的混血,名字源自阿拉伯语 sua'hil,意指"沿岸";不过也有人说,斯瓦希里人根本不像一般人所想的那么阴险,所以 sawa hili——"欺蒙众人的骗子",其实是文字的误用。不管怎么说,斯瓦希里男人是完美体格的典范,作为旅行商队的脚夫(这是他们大多数人从事的行业)绝对够格。他们是快活自在、无忧无虑、不为未来操心的民族,喜欢世上所有美好的事物,只要有机会就尽情享乐。他们人生的大部分时间都耗在往返内陆的旅程上,去程扛着沉重的食品及货物,回程则带着同样重量的象牙或土产。像这样的旅程每次都要延续好几个月,旅程中也没什么花费,因此他们回到蒙巴萨时,就有一大笔可以大肆挥

斯瓦希里人为商队担任脚夫

穿越察沃河的旧商队路径

霍的卢比。通常这些钱会以惊人的速度迅速消失，等到他们再也没钱买乐时，就会加入另一支商队，展开崭新的游猎之旅，前往大湖区或更远的地方。我曾多次看到他们沿着穿越察沃河的旧商队路线，长途跋涉来到距离车站约半英里远的浅滩，他们通常会在这儿稍事休息，以便到冰凉的河水里梳洗沐浴。

达观的斯瓦希里人

没有什么能破坏斯瓦希里脚夫的好心情。虽然他的生活如此艰困，他的负荷又如此沉重，但只要背上卸下了重担，同时解决了"波叟"（食物），他立刻会将所有烦恼抛诸脑后，开始欢笑、唱歌、和同伴取闹，仿佛是全世界最快乐、最幸福的人。我的厨子马布鲁基就是如此，他快乐的笑容非常具有感染力。我记得有一天他想帮我打开饼干桶，但就是无法用手指掀开盖子，所以他用那口了不起的牙齿咬住瓶盖，企图撬开它。我大喊叫他停止，担心这么做会弄断他的牙齿，不过他误

我的厨子马布鲁基拥有快乐的笑容

第十一章　斯瓦希里人与其他原住民

解了我的关心,一脸认真地向我保证绝不会把罐子弄坏!

斯瓦希里男人平时穿着一袭称为"肯祖"的长白棉袍;举手投足尽是优雅的女人们则露出光裸的臂膀,以一条颜色鲜丽的长布紧紧束在胸部周围,并任其垂至脚踝。他们全是穆罕默德的信徒,尽管习俗中融合了不少原始风格,但仍与其他信奉伊斯兰教的民族十分近似。他们有一套巧妙的本领,用来替他们所服务的欧洲人取绰号,这类绰号通常与某项特征有关,或是影射当事人的习惯、个性或外表。简而言之,他们是善良而大方的人,让人忍不住喜欢他们。

尼伊卡人和泰塔人

从沿岸顺着铁路往前走,沿途遇见的部族中,尼伊卡族的外表大概是最怪异的。他们住在紧邻塔鲁沙漠的多刺荒野里,长像丑怪,生活落后。尼伊卡的男人除了大小刚好的遮羞布及肩上那块肮脏不堪的破布外,几乎不穿任何衣物;女人则在腰部很低的地方围着一条短褶裙。不论男女,脖子上皆戴着黄铜链子作装饰,手臂上则缠着铜环或铁环。

离察沃最近的原住民是泰塔人,他们住在三十英里外的恩迪山区。由于工作的关系,我经常来到这里,有一次巡视完毕发现还有些空余时间,于是决定履行许久以前的承诺,前去拜访区域防御官。从恩迪车站到防御官位于山脚下的房子,沿途约有四英里路程,路况十分良好。抵达当地后,我不但受到最热忱的

斯瓦希里女人身裹一块颜色鲜丽的长布

尼伊卡女人在腰部很低的地方围着一条短褶裙

我们来到马戈戈的主帐

招待，人们更为我介绍泰塔族酋长马戈戈，当时他碰巧前来此地协商地方事务。老酋长似乎很高兴见到我，立刻邀请我到他位于山上的家作客。迫不及待想要一睹泰塔族居家生活的我，立刻与他启程走上辛苦的山路，我的印度仆役巴哈沃也一同前往。沿着陡峭而湿滑的羊肠小径连续攀爬数小时后，我们来到马戈戈的主帐，并会见了他的妻妾，当时她们正忙着在挖空的树干里制造"胖贝"（一种当地的发酵饮料）。我送给她们其中一人一只橘子，当作是给小孩的见面礼，她不知道那是什么，试吃时不但露出失望的表情，而且不再多吃一口。不过她并没有扔掉它，反而小心翼翼地将它放进袋子里，和其他宝物收在一起，我相信事后她会好好研究一番。巴哈沃出现在她们眼前时，马上成为众

她们在挖空的树干里制造"胖贝"

所瞩目的焦点,我相对黯然失色。那天巴哈沃正好戴了条新头巾,上面缀满了金饰,吸引了她们全部的注意力;她们仔细检查每条纹路,看得都出了神,那神情就和她们的欧洲姐妹见到最新巴黎时尚时如出一辙。

我们在村落停留了一会儿,稍作休息后,又继续展开旅程,往山顶迈进。历经大约两小时的艰难攀爬,又穿越一座浓密的黑森林,终于抵达山顶,四周的壮丽景观让一切辛劳得到最好的补偿。雄伟的乞力马扎罗山巍峨耸立眼前,为此一绝景提供了最好的背景。我惊讶地发现山顶竟然有肥壮的牛群,不过我想,当牛群静静嚼食着高原鲜美的绿草,而我却在为它们拍照时,马戈戈心中一定觉得我替它们下了毒咒。

和大部分非洲原住民一样,泰塔人十分迷信,万能的"巫医"或"药师"则善用了这项弱点。例如这个非常特异的景象:泰塔人在野地入睡前,必定怀着极度虔诚之心,朝东、南、西、北四个方位吹洒"辛巴搭瓦"(驱狮药)。这种"搭瓦"——当然只能自巫医处取得——只是一些黑色粉末,储放在小小的兽角里,插在耳朵的裂缝中。泰塔人坚信只要从手掌上弹一点点黑粉到身上,就能完全保护他们躲过寻找猎物的凶暴狮子。洒粉仪式一过,他便毫不犹豫地躺下来睡觉,即使置身于食人狮最常出没的地区也不怕。当然,他永远也不会丧失这份对巫医魔力的可悲信仰,假若真遇到猛狮袭击,狮子不可能留下活口,让他活着成为此信仰的叛徒,反之,如果他未遭攻击,很明显的是搭瓦使他在狮口下幸存。

基本上泰塔人是个爱好和平、勤奋不懈的民族。事实上，在英国人还未来到此地之前，由于害怕遇见好战的马赛人，他们几乎不敢冒险走下山寨。只要付得起牛、羊，每个泰塔男人可以随意娶数名老婆；他为每位妻子提供一间独立的屋子，不过整个家族的房舍仍聚集在一起，通常所有人都能融洽相处。这个民族最奇怪的风俗，是将前排牙齿锉成尖牙，脸孔因此看来十分怪异、邪恶。他们对服装的概念也很原始，男人有时会在腰际围一小块布，女人也会如此，或是穿着短褶裙。不论男女，臂上或腿上皆卷绕一大堆铜环或铁环作为装饰，身上则涂满动物的油脂，男人还会在油脂中混合些红色陶土。大部分女人还会戴上许多珠串，耳朵则挂着链条或奇怪的装饰品。男人总是带着弓和毒箭，以及一把悬挂在腰间细长皮带上的"锡迈"（一种粗糙短剑）。对他们而言，三角凳也算是重要工具之一，行进时，他们将它扛在肩上。

泰塔女人

第十一章　斯瓦希里人与其他原住民

擅用毒箭的坎巴人

在前往大湖区的路上,另外还会碰到坎巴人,他们住在乌坎巴尼省,从姆蒂托安代到阿西河,沿路都可看到他们。他们的部族相当庞大但缺乏凝聚力,分成许多不同氏族,由各族族长个别统治。在外观和服装方面(或许就缺乏衣服而言),他们和泰塔族很像,而且同样有锉尖前排牙齿的风俗。基本上他们也是爱好和平的民族,但会因饥饿而发动最残忍狡诈的大规模屠杀。

铁路还在兴建时,他们的家园遭逢了一次非常严重的饥荒,数百人因而饿死。在这期间,他们曾多次下山突击落单的铁路修护人员,并将他们全数歼灭,只为了夺取可能堆放在帐篷里的食物。这些突袭通常在夜晚进行;和大多数东非原住民一样,他们唯一的装备就是弓和毒箭,不过他们可是使用这些原始武器的顶尖高手。一旦遭箭矢射中,即使拔走了箭身,箭镞仍会留在肉里,如果毒药够新鲜的话,伤口附近的皮肤会转黄,并在一两小时内成为死肉,昏迷和死亡亦随之

坎巴女人

而来。我相信这些致命毒药的粹炼,是将一种特别的树根煎煮后,再将箭镞浸泡在黝黑的浓汁里。不过,令人高兴的是,随着当地几所教会的兴建,坎巴人迅速成为整个区域最开化的部族,传教士们不仅教他们耕作、手工艺、日常生活技艺等相关实用课程,也照顾了他们心灵上的需要。

第十二章
追踪河马之夜

停留察沃期间，我曾多次到附近的原野远足，只要有机会，我也常常进行短期狩猎或长途探险。我尤其渴望能猎到河马，所以决定到萨巴奇河畔试试运气。遗憾的是我没有重型步枪，那可说是猎捕河马的必要装备。不过我突发奇想，只要为我的无膛线枪支特制一些子弹，或许就能弥补这方面的不足了。于是我准备了双份火药，并将铅和锡以一比八的比例混合，制造强化弹头。我记得很清楚，第一次试验自制弹药时那种忐忑不安的心情。我想枪管大概会炸开，因此将枪固定在树枝叉角上，在扳机上绑了一条一百英尺长的绳子，然后以一根可靠的树桩当掩护，就位后再拉动绳子。枪管成功通过测试，令我感到非常满意。此外，试验子弹的穿透力时，我发现它们可以从三十码远的射程外贯穿八分之一英寸厚的钢板。如此一来，想达成我的目的绝不成问题，我对这件武器顿时充满信心。制造弹药时，我再度经历了死里逃生的经验。我原本打算从弹筒里取出弹丸，放进额外加量的火药，塞填妥当后，再更换送弹塞并装回弹头。我把填装机夹在临时的桌上，将双倍火药塞入弹筒，但不知什么缘故,炸药突然在我面前炸开,我的眼前一片漆黑,摸索着走回小小的营帐时,还以为自己已双眼失明,心中的痛苦不亚于肉体上的疼痛。幸好,微弱光线很快就再度出现,不到几小时,我几乎恢复正常,并继续制作弹药。

一切就绪后,我出发前往萨巴奇河畔,同行的有为我扛枪的印度人马希纳、厨子马布鲁基、一名挑水夫,还有几名帮我们扛零星杂物的原住民。通常在这种情形下我并不带营帐,直接在野地上宿营。虽然只带了些面包和罐头上路,但我总能在路上猎捕羚羊、珠鸡、松鸡或岩兔之类来打牙祭。这些岩兔看来不像兔子,反而比较像大老鼠,河流沿岸的石缝里大概都可发现它们的踪影。它们一点也不难吃,可是斯瓦希里人碰也不碰。他们称它为"兔仆",意为"不要脸的光屁股家伙",因为岩兔没有尾巴,甚至连退化的尾巴都没有。

生趣盎然的河岸

我们的旅程沿着总是充满奇趣的察沃河前进。河岸两旁,在河水的滋润下,一切事物洋溢着令人愉悦的清新绿意;棕榈树和其他树上缠绕着繁花怒放的藤蔓,成串茂盛花彩垂挂而下;头顶上林荫深密处,各类猿猴一边七嘴八舌地喋喋不休,一边在树枝间荡来晃去;毛色最鲜丽的鸟儿鼓动着双翼,更让整个景观充满十足的热带风情。尽管如此,倘若有人想离开河畔,只需几码路程,就会发现自己来到焦干枯燥、荆棘遍布的荒原,四下尽是发育不良的矮小灌木。在这里，太阳毫不留情地痛击大地，察沃河谷间的"尼伊卡"（苍白、光秃的矮树荒原）几乎令人无法忍受。察沃河的源头是终年冰雪覆顶的乞力马扎罗山山脚，从那里往北流约八十英里后，在察沃车站以南约七英里处与阿西河会合，并改称为萨巴奇河，继续朝东缓缓前进，在蒙巴萨以北七十英里的马林迪注入印度洋。

一条狭窄而弯曲的马赛人作战步道沿着河道蜿蜒，虽然我们顺着现成路径而行，脚程还是非常慢，因为我们常常得闪躲四处蔓生的树枝和藤蔓的纠缠。不过，沿途依旧充满趣味，不久我们就发现河马和犀牛刚留下的足印。我们也不时瞥见条纹羚和水羚的身影，水中偶尔响起的哗啦声，则让我们知道机警的鳄鱼就在附近。前往萨巴奇河的半途，我们遭遇了意外的阻碍，不毛而嶙峋的岩石形成了约一百英尺高的巨大山脉，在河的两岸延伸将近一英里长。整个峡谷的坡度几乎和水面垂直，根本无法攀爬。我们决定绕过山脉而行，马希纳却信心十足地认为自己可以直接沿溪涉水前进。我婉转地暗示他，礁石底下可能会有鳄

察沃河在此与阿西河会合

鱼,马希纳却宣称不会有任何危险;他将衣服下摆扎成一束绑在背上,开始往水里走去。刚开始的几分钟一切都还好,但刹那间,湍急的水流忽然抬起了他的脚,紧紧缠绕着他,倏地卷走了整个人。河道在此峡谷前方正好有个急转弯,马希纳被水冲过转弯处后立刻消失了踪影,我们最后看见他时,他正试图抓住一截垂悬在河面上的树枝,不过并没有成功。尽管我们立刻以最快的速度绕过岩壁寻找他,还是花了快半个时辰才抵达。我几乎已经放弃再见到马希纳的希望,但令人喜出望外的是,当我们再度来到河边时,发现他竟安然无恙地脱离了险境。他很幸运,被冲进了结满灯芯草的芦丛里,并设法从那儿爬了出来,除了小腿的一点挫伤外,并无大碍。

最后我们来到了两条河的会合处,并沿着萨巴奇河往下走,一旁的察沃河显得十分渺小,河中央散布的几座小岛上长满了高挑的芦苇和灌木,河马终年在此寻找最佳庇护所。和察沃河一样,萨巴奇河两岸也生长着成排各式各样的树木,提供最舒爽宜人的树荫,让人避开烈日的酷热;沿着河道,有一条延伸自内陆的商队路线——我相信这条路现在依

萨巴奇河岸长着成排各式各样的树木

然用来走私,在海岸边,单桅帆船随时准备将走私的奴隶或象牙运送至波斯或阿拉伯。

早早吃完马布鲁基利落弄好的晚餐后,我让侍从留在离河一英里远的安全"柏玛"内扎营,然后和马希纳出发寻找一棵靠近河马行进路线的树,以便在树上守夜。想寻找河马可能出现的地点有些困难,我们越河到对岸——若考虑到河里的鳄鱼,这样做十分冒险,不过,我们找到一处很低的浅滩,并设法安全抵达对岸。显然由于正值河水涨潮的缘故,我们发现一座小岛上有数不尽的足印,包括河马的和犀牛的,然而,难就难在如何判断哪个足迹最好辨识而且是最新留下的。最后我选定一棵靠河的树,从一大片被压平的沙地看来,至少有一只河马每晚会固定到那儿翻滚一番。

等候河马

由于还要一个小时太阳才会下山,我们并未马上爬到树上守候,反而沿着河岸看看是否能发现其他猎物。没走多远,前面带头的马希纳就向我打了手势,走到他身边后,我看到一头非常漂亮的水羚站在河水的一处浅塘里。这是我第一次看到这种大型羚羊科动物,眼前的景象令我兴奋异常。我应该走到二十码或更近的距离内再开枪,但最好不要冒险前进的念头阻止了我,于是我举枪瞄准它的肩膀并开枪射击。枪声响起,水羚朝空中一跃,转身奔至小岛后方,随即消失了踪影。我们期盼它会从岛的另一边的灌木丛里出现,不过它迟迟未现身,我失去了耐性,顾不得鳄鱼等物就走入水中。然而,绕过小岛后还是看不到水羚的踪影,显然在芦苇的掩护下,它已逃离小岛并跳到对岸去了。我对自己的失败感到万分沮丧,我们不可能去追捕它,如果这么做,势必得绕很远的路才能渡河,届时天也黑了。这起事件突显出点三〇三步枪的重大缺点——除非一举击中要害,否则它并不具太大的攻击力,即使真的击中要害,猎物在灌木丛里仍可跑得够远,让猎人空手而归。另一方面,中枪负伤的动物似乎总能快速复原,真是上天眷顾。

水羚逃跑,马希纳比我更加气恼;当我们跋涉过沙地,疲累地回到准备守夜的树上时,他满脑子尽想着这是象征不吉夜晚的坏预兆。在满月的光辉下,我们找到一截伸展的树枝就位,开始守夜工作。不久,周遭丛林充满了各种独特的声响:夜行鸟类的啾鸣声、鳄鱼合上双颚的啪哒声、河马或犀牛冲过灌木丛沉入水中的声音;我们甚至时时可听到远方低沉的狮吼。然而,我们什么也看不见。

等了好长一段时间,终于出现了一只巨大的河马,它溅着水花朝我们走来,不巧的是,它就停在一棵树后,而那棵树完全挡住了它。它站在那里,一会儿嘟嘟作响,一会儿呼噜喷气,心满意足地溅得到处都是水花。仿佛等了数小时之久,我一直企盼这头笨拙的动物会离开庇护所,但它似乎无意现身,我无法继续空等,决定从树上下来,从后方围堵。我将枪交给马希纳,请他在我抵达地面时递给我后,开始慢慢往下爬,不料却被缠绕树干的藤蔓绊住。就在这进退两难之际,那只大河马竟突然走出庇护所，迟缓而笨拙地从我的正下方经过，令我既懊恼又失望。我痛苦地哀悼我的不幸，差点失控，因为它通过时，我几乎可以碰到它那宽阔的背脊。我第一次见到河马，竟是在如此令人恼火的情况下；它肯定是我所见过最丑陋、最不讨喜的动物。

那头巨兽一走过这棵树下便闻到了我们的气味，它大声喷气，并窜入邻近的灌木丛里，所经之处全遭捣毁，仿佛是一台巨型牵引机经过。我转过身子，亲眼看着它离开，然后弄断原先缠住我的藤蔓，背先着地跌落树旁的沙地上；这猛然一跳并未让我受伤，但一想到河马可能随时会回头，却令我非常害怕。我迅速爬回树上，但显然河马比我更害怕，并没有掉头回来。之后不久，我们又看到两头犀牛来到河中饮水，不过它们的距离太远，超过射程，我没惊动它们。它们慢条斯理、摇摇晃晃地朝上游走去，接着就消失了踪影。接着我们听到附近一头饥饿的狮子发出令人心惊的怒吼，另一只河马也发出惯有的嘟嘟声并往水里走去。就距离来看，似乎不可能从树上打中它，我决定潜近伏击。马希纳和我从树上下来，在天色半黑的情况下，缓慢穿过树丛。附近有很多动物，我敢说，当我们两人朝着河马的方向匍匐前进时，心中一定都觉得不好受，我自己就时时刻刻想象着犀牛或狮子就在前方，正准备从树丛幽暗处跳出来撂倒我们。

手到擒来

在神经紧绷到极点的情况下，我们安全到达河畔，不过灌木丛生的小岛再次妨碍了我们;岛的另一边,猎物的声音清晰可闻。不过,幸好风是从那边吹来的,它嗅不到我们的气味;我认为最好是想法子前往小岛,从那里举枪射击。马希纳也一副跃跃欲试的样子,于是我们不动声色地走入水中。河水很浅,约摸只到膝盖,我们缓步涉水而过。我从岛上一角的芦苇丛里眯着眼往外望,惊讶地发现河马不见了;不过很快我就发现自己看太远了,我将目光下移,便发现它就躺在距离不到二十五码的水沼里,只露出一半的身体,正好面对着我们。它距离我们如此近,让我十分担心自身的安危,尤其是不久后它真的站起身来,发出一整晚我们不断听到的呼噜声时,更是令我心惊肉跳。然而,就在它抬起头的那一刻,我扣下了扳机,朝它开了一枪。它打了个转,身体往前扑,摇摇晃晃倒了下来,之后平躺不动。为了确保万无一失,在它躺下时,我又朝它连开了好几枪,不过事后发现根本没必要,我的第一枪很幸运地射穿了它的脑袋。我们任它躺在那里,转身回到原先守夜的树上,并因为重获安全而感到高兴和放松。

天一亮,其他人以及几个在附近打猎的坎巴人帮我们把猎物抬了回去。当地人将河马那副相当出色的长牙割下,并狼吞虎咽地吃起生肉,我则满怀感激地将注意力转向马布基鲁正准备好的热咖啡和蛋糕。

第十三章
恩顿谷中的一天

吃完早餐后,我们马上拔营,在几名坎巴人的陪同下,出发前往恩顿谷山脉,那是一列深纵山脉,与萨巴奇河平行,绵延耸立于河北岸外三至四英里的地方。没走多远,我就瞥见一头很漂亮的水羚,并成功将它击毙,这真是一天的好兆头,大伙儿全都兴高采烈。马布鲁基用力割下几条坚韧的鹿肉,再用一根尖棍将肉串起,以便一边走时可以一边把肉晒干。我警告他,最好不要让狮子闻到肉的味道,否则它一定会找上门来,并杀死拿肉的人。当然,我是在开玩笑,马布基鲁是头号贪吃鬼,偏偏又最胆小,我总喜欢吓唬他。

当我们艰难地朝山上走时,我听到一声特别的声响从右侧小山的后方传来。越过山顶望去,我开心地看到两头漂亮的长颈鹿正在不远处悠闲地进食,它们伸直长长的脖子取食上方含羞草似的树顶嫩叶,一头年轻的长颈鹿则躺在离我很近的草地上。有好一段时间,我按兵不动,兴致高昂地观察那对成年的长颈鹿;显然它们刚从河边过来,正慢慢走回位于峭壁那一头的家。它们似乎非常恩爱,不时将长颈交缠在一起,轻轻啃咬对方

我瞥见一头漂亮的水羚,并成功将它击毙

第十三章 恩顿谷中的一天

的肩膀。虽然我很想替我收集的战利品多加一头长颈鹿，却不愿惊扰它们，我想，除非有特定用途，否则射杀这么稀少又和善的生物，是一件很令人遗憾的事情。

一头年轻的长颈鹿躺在离我很近的草地上

我们继续往峭壁前进，我迫不及待地想登上山顶，前往我确信从未有其他白人去过的地方探险。离开河边，地面朝山脚逐渐攀升，到处可见疏密不一的矮树和灌木覆盖其上，当然更少不了"等一等荆棘"。不过我的运气不错，竟然发现了一条犀牛步道，既舒适又宽阔，我们因而能直接走在较宽的路上。爬上陡坡的过程十分艰险，基本上得四肢并用才行，不过在攀爬途中，我发现往右几百英里的地方有一个很大的切口，或许顺着切口爬上山会比较容易。这天我并没有时间探勘,不过心里默记着,以后如有机会一定要试试看。

冤家路窄

从河边出发整整两小时后,我们终于气喘如牛地登上山顶,往下眺望察沃河流域,那景色就像一张地图,摊开在我们脚下五百英尺远的地方。我们住的帐篷、察沃桥、车站,还有其他建筑物,全都看得一清二楚,而铁路本身宛如一条发光的蛇,迤逦好几英里,横过焦枯荒原。拍了几张风景照后,我们转身横越恩顿谷高原。我发现这里也有和察沃周围一样的"尼伊卡",唯一不同的是绿树比较多。此外,这个区域更为开阔,几百条经年累月走出来的宽广的动物步道贯穿其中,沿着这些步道,我们可以轻松地直接朝上走。我在前面带路,马希纳和马布鲁基紧跟在后,突然我们差一点就踩到了一头狮子,它就躺在路旁,原来可能正在睡觉。它凶猛地咆哮一声,随即跳进灌木丛逃跑了。尽管如此,对马布基鲁而言——此时他想必想起稍早我开玩笑的警告了——这件事可吓坏了他,他抛下手里的肉串,飞奔着逃命去了。这举动实在太好笑,就连一向沉默的坎巴人在拾夺四飞的肉块时,也加入大家嘲笑的行列。我们再也没见到狮子的踪影,但往前走了几步后,却遇到一副刚遭屠杀和享用过的斑马残骸。不过,此后马布鲁基就一直很小心地留意后方。奇怪的是,才一会儿,我们又和一头犀牛发生类似的惊险遭遇,由于路十分曲折,我们发现它时便已和它迎面相对了。然而,犀牛和狮子一样,比我们更害怕,它快速离开我们,朝丛林奔去。

我们持续在高原区行走了大约两个小时,看到或听到各式各样的动物踪影或声响:长颈鹿、犀牛、条纹羚、小扭角条纹羚、斑马、疣猪、狒狒、猴子,还有数不尽的羚羊,这里的羚羊毛色比察沃流域的略红。至于原住民或其他人类的踪迹,我们却一点也没看到;事实上,这一整个区域如此干燥、缺水,根本不适合人类居住。需要水的动物们得在夜晚来回走一趟萨巴奇河,这说明了何以从高原通往河边的一路上有这么多动物步道。

此时我们开始感到非常疲倦,挑水夫带来的备用水也逐渐减少。为了能看清周围的景况,我爬上一棵最高的树极目四望,却什么也看不见,只有千篇一律的平坦多刺的荒原,偶尔几株绿树点缀其间。视野所及的范围内,没有任何地标或可供辨认方位的东西。这是一个最绝望、可怕的地方,如果有人在其中迷失,肯定会因为缺水或遭遇凶残猛兽而性命堪虞。这时候,显然我们要做的就是折回河边,而若想在夜晚来临前安全归返,更必须立刻行动,分秒不浪费。由于我们已在动物步道上来回走了许久,想辨认萨巴奇河的方位相当困难。我先问同行的坎巴人是否知晓回去的路,他们只是一径摇头。接着我问马希纳,他指出的方向却正好和我心中认为的正确方位相反。当然,马布鲁基什么都不知道,不过他倒是主动提供了有建设性又振奋人心的情报——他说我们迷路了,而且大伙儿全会被狮子吃掉。在此情况下,我只好借着对照手表和太阳来确定我心中所猜想的回家路线,并立即下达出发指令。整整两个小时,我们在慑人的炙热下艰难地行走,看不到任何熟悉的物件或地标。马布鲁基咕哝抱怨着,就连马希纳也认真地提出质疑:是否"撒伊巴"(长官)选错了方向?只有坎巴人不改沉默地继续向前走。我们顺着一条宽阔的白犀牛步道走了好一会儿,其中一头巨兽的庞大脚印既新鲜又明显地烙在沙地上。它走的方向正好和我们相反,我相信它一定是刚从河边喝水回来。于是我坚持继续走这条路,不久我便大大松了口气,我们发现自己来到山壁边缘,距离先前上山的地方只有几英里远。我们在此稍作停留,将一块被单罩在矮树上,在篷荫下休息了半个时辰,吃些干粮,并喝光最后剩下的水。稍微恢复体力后,我们继续赶路,并一如预期地在太阳下山前抵达萨巴奇河,途中还猎捕了一对珠鸡、一只小鹿充作晚餐。经过漫长而艰苦的一天,能在干净、阴凉的水塘里洗个澡,真是一大享受,可是倘若当时我知道隔天在同一条河里,可怕的命运正等着我其中一名随从,恐怕就不会洗得这么痛快了。我回到帐篷时,晚餐已经备妥,那真是美味极了。用完餐后,精力充沛的马希纳也已收集好一堆干草,并动手铺好了床,我马上躺下来,将步枪搁在手边进入梦乡,无视非洲所有的野兽。

鳄鱼突袭

天一亮,马布鲁基端来冒着热气的咖啡和饼干并唤醒了我,随后我们立刻出发返回察沃。前一晚我们在萨巴奇河畔扎营的地方，比先前去过的地点更靠近下游，我于是决定利用马赛人的沿河小径直接走到察沃河。我完全没想到会在回家的路上遭遇任何凶险，不过，在野地里总会发生意外。我们才出发不久，一名坎巴人走下河岸，打算将葫芦装满水，突然一只鳄鱼从水里冒出来，咬住这可怜的家伙，随即将他拖入水中。当时我走在前面，并未目睹事情发生的经过，不过一听到其他人的尖叫声，我立刻尽全力往回跑，但仍迟了一步，早已不见鳄鱼或坎巴人的踪影。马希纳豁达说道，毕竟死的只是一名"瓦森齐"（野人），他的牺牲没有多大影响；至于其他三名坎巴人对这件事根本无动于衷，他们安静地捡拾死去同伴的弓、盛装毒箭的箭筒，还有他丢在河畔的肉干，将之占为己有。

萨巴奇河边的鳄鱼

至此我方明白，类似事件在每条河的沿岸不断发生。有一次我在乡间时，一名英国军官很幸运地逃过一劫。当时他正在河畔为水壶装水，突然一只鳄鱼咬住他的手并企图拖走他。幸运的是他的一名仆人马上赶来协助，将他从鳄鱼的嘴里拉了出来，这次意外只让他损失了两根手指。

　　当我们往萨巴奇河上游走去时，发现一处非常美丽的瀑布，大约有一百五十英尺高，它并非从上方直泻而下，而是阶梯式的湍流。这时河水的水量并不充沛，瀑布并未呈现最美的样貌；遇河水泛滥时，就会显得万分壮观。假使风向正好，甚至远在七英里外的察沃，都可清楚听到水流往下冲的回音。我们走过瀑布上方的石头渡河，经过几小时的艰难行进，总算平安回到营区。

第十四章

发现食人狮的巢穴

察沃西南方有几座砾石遍布的小山,我特别渴望能一探究竟,因此,有一次当工程因材料短缺而停摆时,我就和马希纳以及一名旁遮普①工人一同前往探险,那名旁遮普人的体形非常壮硕,大家都叫他"摩塔"(胖子)。依照我在察沃附近从事短程健行的经验,我逐渐明白,只要循着某条久经动物践踏而成的步道,几乎可以到达任何想去的地方,因而我计划利用多次探险——走过这些路径。例如,这次我们渡河进入丛林后,很幸运地发现右边有一条犀牛步道,行进起来十分便利。当我们顺着这条步道跨越干涸河床时,我偶然注意到河床底部的沙石映射着筛过浓密林叶的阳光,一闪一闪熠熠生辉。当下我脑中立刻闪过那可能是宝石的想法,加上那一点一点的闪烁光影看来的确很像,我开始用猎刀使劲往碎石处挖掘。几分钟后,潮湿的沙里出现了我原以为是钻石的东西——它的直径大约有半英寸长,完

---

① 旁遮普人,主要居住于巴基斯坦的旁遮普省、印度的哈里亚那邦及旁遮普邦等地,巴基斯坦境内的旁遮普人多信仰伊斯兰教,印度境内的则多信奉印度教或锡克教。

美的切割面仿佛经由阿姆斯特丹的宝石专家雕琢过一般。我在表面上测试石头,发现竟然可以轻易在玻璃上刻写我姓名的缩写,尽管我知道石英也可以这么做,但在我看来,它的外形或角度和我先前看过的石英并不相同。大约有一两分钟的时间,我沉浸在此一发现的狂喜中,并开始作起拥有钻石矿的美梦;很遗憾,尽管它和我以往见识过的任何石头都不一样,但经过进一步的检验和测试,我不得不承认我找到的东西并非钻石。

我妄想一夕成为百万富翁的美梦就这么灰飞烟灭了,我们继续前进,渐渐深入幽暗的森林。才走了一小段距离,透过林叶的缝隙,我看到一头巨硕的犀牛大喇喇地站在峡谷边缘。不巧它也看到了我们,我还来不及用枪瞄准,它已喘着浊重的气息,往矮树丛横冲直撞地跑去。我跟着爬上峡谷,悄悄走在棕榈树叶披垂的愉悦树荫下。在我左边,一小脉河水奔流的主河道,穿过一大片杂乱的丛林和藤蔓。这个草木纠结的区域,有一道明显的拱形通道贯穿其间,想必正是犀牛或河马反复通行所造成,我决定进入其中,看看前方究竟有些什么。没走多远,我就遇到一处大河湾,那是洪汛时激

这必定是食人狮的巢穴!

流铲挖河道而形成的，一层洁净、柔软的沙子覆盖其上，沙中尽是模糊的动物足印。在河湾一角，一座小沙丘耸立于一株突出的树旁，越过沙丘顶望去，我看见另一边的岸壁下有个看来阴森森的洞穴，洞内似乎颇深幽。我绕到洞穴入口，进洞后惊愕地发现一堆死人枯骨，铜制镯子四处散置，那正是当地原住民身上的装饰。这必定是食人狮的老巢！没想到我竟在如此意外的情况下，无意中撞见这两只曾肆虐一时的"邪魔"的巢穴，还记得它们侵袭察沃时，我曾花费许多天的工夫，穿过恼人的无边丛林寻找它们的巢穴。我完全不想进入幽暗深处探险，抱持着里面可能还留有母狮、小狮的想法，我从洞顶小孔往洞穴内开了几枪，但除了成群的蝙蝠外，并没有其他东西跑出来。拍了一张洞穴的照片后，我满心喜悦地离开这可怕的地方，想到曾住在里面的残暴猛兽已不再逍遥法外，心中充满感激。

捕获斑马

我再次回到峡谷的路径上继续旅程。走了一会儿，我觉得岸边的高灌木丛里似乎有一只河马，于是立刻向马希纳和胖子打了手势，要他们留在原地，不要轻举妄动，随后自己小心地往前潜近，一番折腾后，我发现是我看错了，误将黑色岩块和矮树丛当成活生生的动物。此时我们已离开河谷底部，继续朝上走。这是一个很好的转变，因为很快就传来动物群在前方奔驰的声音。我赶紧绕过小路前方几码处的转角，蹲伏在灌木丛下，看着一列受惊的斑马飞奔而过。这是我第一次在野地里看到这些有着美丽条纹的动物,我选了一只体型最大的开火,由于距离很近,这头大斑马应声倒地。站在这头美丽的生物面前,我深深为自己杀了它而感到难过。然而,胖子却不这么想,他欣喜若狂地冲上前,在我还来不及阻止时,就已割断斑马的咽喉。他说他这么做是"为了让肉(合法)"①,胖子是虔诚的穆斯林,除非在正确位置割断动物的喉咙并放血,否则绝不食用任何动物的肉。这种习俗总为我带来很大的困扰,每当射杀一只动物时,这些信奉伊斯兰教的随从总是很快就砍下了动物的头,如此一来就没法拿来做标本了。

替斑马剥了皮后,黑夜迅速降临,我们选了一棵适合的树,打算在上面过夜。我们在树下生起熊熊营火,煮了些茶,还烤了几只我早上射下的鹌鹑当作晚餐,那滋味真是鲜美。吃完饭后,我们爬上树枝——至少马希纳和我是这么做了,胖子则一副天不怕地不怕的样子,说他打算睡在地上。不过后来他就没这么勇敢了,接近午夜时分,一只大犀牛打我们一旁经过,它嗅到我们的气味,并发出好大的喷气声,吓得胖子连忙爬上树来。尽管胖硕,他却像猴子般敏捷,一直爬到我们上方才停下来。他那逃命般的迅捷身手令我和马希纳捧腹大笑,马希纳更是毫不留情

---

① 伊斯兰教对饮食有严格规定,屠宰畜禽的人必须是穆斯林,以刀宰杀可食动物前,必须高诵奉真主之名宰杀;宰割部位在喉结和锁骨之间;宰断四管——食管、气管及脖颈两侧动脉血管,断三管亦可。用箭、弹或纵鹰犬捕猎动物,只要开始时颂赞真主之名,击中后倾血流尽也可食。

地不断揶揄他。

接下来的夜晚平安无事地过去了,第二天一大早,趁他们两人准备早餐之际,我朝岩石小山散步而去。我曾经从察沃瞭望这几座小山,此时它和我之间不过距离半英里。我睁大双眼仔细寻找猎物,但除了不断出现的羚羊和珠鸡之外,什么也看不到,直到我绕着山走了约摸一半的路程,才看到一只漂亮的豹躺在突出的石崖上晒太阳。但它的动作实在太快,还来不及开火,它就已经逃走了;之前潜近它时我应该更安静无声的,豹是如此警觉的动物,很难逮到它的破绽。可惜我没有更多时间在这些小山里闲晃,必须尽快重返工作岗位,吃完早餐后我们就收拾好斑马皮,开始顺着原路穿过丛林。那天天气非常热,我们终于返回营区时,大家都非常高兴。

类似这样的短程旅行,通常我都选择北行,前往总是充满趣味的阿西河及萨巴奇河。在丛林里,经过辛苦的长途跋涉后,躺在河畔灯芯草丛的亲切绿荫下,看着那些浑然不曾察觉到我的动物们纷纷从岸边走下来饮水,真是一件快乐的事。我曾为这样的景象拍了几张照片,可惜大部分底片都受损了。月光璀璨的夜晚,我也常坐在河水中间突出的石块上,靠近最热门的喝水地点,等待幸运之神将猎物送上门来。令人气愤的是,风总在紧要关头忽然改变方向,让我在苦苦等待数小时后,还是在犀牛或其他动物面前暴露了行迹!偶尔我会因这样的守夜感到非常疲惫,便涉过温暖的溪水,在岸边的柔软沙地上找个地方小睡一番,顾不得是否会遭鳄吻——鳄鱼就在河的上下游的深塘里活

动物从岸边走下来饮水

动,传出的声响清晰可闻。那时我对这里还十分陌生,并不了解自己所冒的风险;但是后来——如先前描述的,自从我那可怜的坎巴随从被拖下水后——我就懂得更加小心了。

从察沃前往阿西河距离最短的捷径就是直接穿越西北方的丛林,幸运的是,丛林里正好有一条现成的犀牛步道,我经常使用它。这条步道是我无意中发现的。有一次,我邀请几位和我一起留在察沃的客人到河边野宿一晚。当我们在丛林中缓慢而艰难地行走时,我发现了这条已踩得扁平的路径,它似乎通往我想去的地方,我也相信顺着它走总会来到河边,因而很有信心地沿路而行,之后我们的行进就轻松多了。这条小路穿过相当广袤的森林腹地,沿路尽是数不清的条纹羚、水羚足印,有一两次我们确实看见了这些动物的身影,察觉我们接近的声响,它们迅速朝灌木丛的隐蔽处跳开。如我预料,这条年代久远的犀牛步道最后果然将我们带到了阿西河畔一处适合露营的地点,沿岸的高耸绿树,提供了最舒适、凉爽的绿荫。我们快乐地野餐,虽然其中一人被一头忽然在营帐附近喷气的犀牛吓了一大跳(显然这头犀牛极不高兴我们闯入它的地盘),但我的客人对于在野地里度过的这一晚,都感到相当满意。

好运气

次日天一亮客人就出发了,他们想沿河试试自己的运气,我则留在营帐里准备早餐。然而,大约一个多小时后,他们全都空手而返,而且饥肠辘辘。吃完丰盛的大餐后,大伙全坐下来休息,我心想该轮到我试试运气了。我才从河右岸往上走了一小段路,似乎就看到前方草丛里有动静。我全神戒备,停下脚步,接着果真如愿看见一头完美的水羚从水里走出来,动作纤细优雅。虽然我只能看到它伸出灌木丛外的头颈,但因距离只有五十码,我还是将枪架上肩膀。它随即发现了这个动作,就在他停下来瞪视着我那不到一秒钟的瞬间,我找到机会尽量瞄准它肩膀附近的位置。我一开枪,它刹那间消失了踪影。我原以为我失手让它逃进了灌木丛里,于是重新装好子弹,小心翼翼地往前走,打算追踪到底;随即却惊喜地在前方发现那头水羚倒在路

我捕获的羚羊倒吊在树枝上

上,浑身僵直,我之前射出的子弹穿过了它的心脏。我立刻返回营帐,这头羚羊则倒吊在树枝上,由两名孔武有力的工人扛了回来。看到我在这么短的时间内竟能猎得上等猎物,我那群运气不好的朋友都很惊讶。猎物的毛皮很快便剥了下来,它的肉则为我们的中午提供了一顿美味的烤肉大餐。在凉爽的午后,我们起身返回察沃,未再从事任何探险。

这次出游后不久,其中一位友人罗森先生因事又来到察沃。一日天黑后,我和他一起坐在营房外的走廊上,我忽然想到有东西落在帐篷,于是请印度仆役米安帮我拿来。他摸黑就要动身,我立刻叫他回来,提醒他提一盏灯以便防蛇。他照我的话做了,而且一到营门(帐篷仅在十二码外)就大声惊叫:"哎呀!大人,

第十四章　发现食人狮的巢穴　123

这里有好大一尾蛇！"

"在哪里？"我高声问他。

"在床旁边，"他大叫，"带枪来，赶快！"

我一把抓起时时摆在手边的枪，赶到营帐。在提灯的照耀下，我看到一尾巨大的红蛇，大概七英尺长，窝在我的行军床旁瞪视着我。我立刻朝它开枪，子弹将它击成两半，尾巴部分留在原地，前半身则迅速扭动，随即消失在帐篷的阴暗处。然而，它所留下的血迹还是让我们在地板下找到了仍充满斗志的它。它凶残地向一名正要逃跑的人发出最后一击，不过很快就被当头一棒解决了。

河马头

罗森将它挑起，放在灯光下，然后将脚踩在它的头上，用棍子撬开它的嘴，此时我们看到两注清透的毒液从它的毒牙里喷出。一名印度"巴布"（baboo，书记官）碰巧站在一旁，毒液全溅到他身上，这可怜人简直吓死了，立即把自己的衣服扯得稀烂。这举动让我们笑坏了，我们知道这毒液虽含有剧毒，但若不接触皮肤的破洞或伤口就不会造成伤害。我一直查不出这种蛇的名字，如前文所言，它全身呈深暗的砖红色，我在东非停留期间，总共也只见过两次。另一次是我出门打猎时突然在路上遇见的，显然它受到极大的惊吓，身体全竖了起来，同时嘶嘶吐着蛇信；不过我也被它的面貌吓呆了，根本没想到要开枪，于是它一溜烟消失在浓密的灌木丛里。

第十五章

猎捕犀牛失败

虽然环绕察沃的丛林本身是个犀牛步道网，但至目前为止，我从未成功猎捕犀牛，我的雄心壮志也就一直无法实现。有一天，我到营区外六七英里远的浓密荒野探险，由于大部分时间都耗在手脚并用地匍匐爬过丛林，我的行进速度比往常要慢，因此，当我突然来到一条宽阔平坦的步道时，真是非常高兴，沿着这条路，我可以挺直腰杆、自在地继续前进了。步道上有一些新的犀牛脚印，留下的时间不超过一小时，我决定追随它们。有几处路面因为久经许多大型动物践踏而形成一层白土，我小心往前迈进，满心希望能在下个转角处遇见一头犀牛。走了一小段路后，我觉得好像真的看到一头犀牛躺在前方的树下，但往前仔细查看，才发现那不过是一堆褐色松土，因为某只巨兽曾在松软的土地上翻滚而形成。不过显然那里是个使用频繁的休憩站，我打算花一晚的时间，在枝干向外延展的树上守候。

于是，第二天下午马希纳和我再度来到这个地方；天黑前，我们躲在小路正上方的枝叶里，那里虽然安全，却很不舒适。令人高兴的是，不到一个小时，我们就听到一头犀牛沿着步道朝我们逐渐走来。可惜此时月亮尚未升起,这头怪兽走过来时,我根本看不见。尽管如此,我知道只要它走出灌木丛,来到我们树旁的那一小块空地,就会有足够的光线。它的脚步声越来越近,我的步枪也已准备就绪,我将枪瞄准预期中犀牛头会出现的地方……然而,这时风向突然改变,正好从我们这个方向笔直吹向犀牛,它立刻闻到我们的气味,同时发出震耳欲聋的喷气声,接着疯狂冲进丛林里。有好一段时间,我们可以听到它一路跌跌撞撞的声音,挡住它去路的东西无一幸免。它肯定跑了好长一段路才从惊恐中平复,重新恢复惯有的步调。然后,我们再也无法听到或看到它的动静;我们难过地熬了一整晚,却毫无所获。

月光下的狩猎

几个月后,我再次尝试到萨巴奇河畔猎捕犀牛,但仍没有任何进步。我在下午时与马希纳一起从察沃出发,在河边几码处发现一棵树,树下有许多新脚印,当下便决定那晚要在这棵树上守夜。马希纳想找个地方舒服地打个盹,便将自己塞进我下方的树枝叉角里,不过离地面仍有八到十英尺的高度。那是个平静而美好的夜晚,只有在热带地区才有机会经历这样的夜晚;沐浴在灿烂的月光下,一切事物皆显得神秘而美丽,宛如一帧透过实体镜看到的画。从树上向下望,首先出现一头水羚到河边喝水;随后是一只迷你山鹿自灌木丛里现身,它每走一步就暂停片刻,前脚优雅地在空中保持平衡——它全神戒备,小心而紧张地环顾四周是否有敌人的踪迹,最后终于安全来到岸边低头饮水。就在此时,我看到一只胡狼尾随它身后,开始小心地向它潜近。这只胡狼一步步悄悄逼近那头可怜的山鹿,甚至在落叶上也没发出半点声响。然而,它突然定住不动约一秒钟,随即以最快的速度消失了踪影。着实令人意外。我环顾四周,想知道是什么原因让胡狼落荒而逃,结果惊讶地看到一只巨大的美丽花豹,正放低身子、无声无息地朝我们所在的这棵树移动。起先我一直以为它打算猎捕我们下方地面上的某只动物,但很快我便明白,这头野兽的目标是马希纳。如果不采取行动,我不知道这只豹是否真的会扑向早已睡着的扛枪夫,但我绝对不想让它有机会这么做,我谨慎地举起步枪,将枪管对准它。当我这么做时,绝对没有发出半点声响,但它还是发现了——或许它看见了枪身反射的月光——在我还来不及扣下扳机前,它已一溜烟消失在灌木丛里。我马上唤醒马希纳,要他上来我身旁较安全的位置。

在这之后,有好长一段时间没有任何东西来打断我们的宁静,不过最后我期待已久的猎物终于出现在眼前。就在我们下方,沿着岸边生长的象草丛有一处缺口,越过这个缺口,宽阔的河水在月光下如银缎般闪耀着。在毫无预警的情况下,一头黑色的庞然大物忽然堵住了这个缺口——一头犀牛正悠哉地从浅滩走上来。它迟缓、笨重地移动,不灵活的大步伐带着一股威严。快要通过我们正下方时,它突然停下来站了一会儿,让自己完全暴露在我们的视线下。这是我的大好机会;我仔细瞄准它的肩膀,随后开枪射击。刹那间,那头巨大的野兽以惊人的速度像陀螺般打转，于是我再度开枪。这次我原本希望它会就此倒下，却懊恼地看着它往丛林里奔去，听见它像蒸汽碾路机般横冲直撞了数分钟之久。我安慰自己，它应该无法走得太远，天一亮很快就能找到它。为了这头"布拉珍渥尔"（巨兽）而处于疯狂兴奋状态的马希纳也这么想，同时因为不再需要保持静默，他开始叽里咕噜地向我讲了一大堆稀奇古怪的事，直到天空泛白为止。爬下树后，我们发现一摊摊血迹标示了受伤犀牛的行迹，很轻松地便追踪它达数英里之远。不过，后来血迹却越来越模糊，直至全部不见，让我们不得不放弃搜索；附近地面崎岖不平，根本无法分辨我们的猎物究竟朝哪个方向逃走。这个结果令我感到非常遗憾，我不想留下负伤的它，但又想不出办法，只好打道回府，带着疲倦、饥饿和沮丧在下午回到察沃。

伊斯特伍德幸免于难

犀牛是非比寻常的动物，你永远料不到它会怎么做。今天它碰到人类可能会选择避开，不做任何攻击；明天，在毫无正当理由的情况下，它也可能发动最致命的反扑。曾经有一位在此地居住很久的军官告诉我，有一次，一队为数二十一人的奴隶被偷运到海边，他们沿着一条窄道成单行纵队前进，脖子上依惯例以链子绑在一起。突然间，一只犀牛从右边冲过来，尖角刺入正中间那人的身体里，结果它突如其来的冲击力，也扭断了其余二十人的脖子。这种巨兽拥有最灵敏的嗅觉，不过相对来说，它的视力非常差劲,据说当猎人碰到犀牛时,只要站在原地保持不动,犀牛就会从他身旁走过,不会采取攻击,但我必须说明,至今为止我还没碰到曾经亲身体验的人。不过,我倒是见到一两个曾遭犀牛角掀起的人,对他们而言,那是一个非常痛苦的过程,即使侥幸不死,也会造成终身残疾。乌干达铁路的会计主任伊斯特伍德先生曾仔细向我描述,他如何在暴怒犀牛的攻击下捡回一条命。当时他正好休假,前往纳库鲁北方约八十英里的巴林戈湖附近打猎。当时他的确开枪打死了一头犀牛,然而,当他走向犀牛尸体时,那怪兽竟突然站起身来,并且扑向他,压断了他的四根肋骨和一条右臂。那头犀牛并不因此而满足,接着又用角刺进他的大腿,将他整个人顶到背上,整个过程重复了一两

依照惯例,奴隶的脖子以链子绑在一起

次。最后，犀牛总算轰隆隆走开，留下可怜又孤立无助的伊斯特伍德昏迷在他落下的长草丛里。他独自待在那里，等到他的脚夫发现他时，已是数小时后的事了。那名脚夫是让满天盘旋的秃鹰吸引过来的，由于嗜吃腐肉，它们正等着伊斯特伍德断气后大快朵颐。后来，伊斯特伍德先生又挨了八天，才等到一名医生前来救治，实在令人难以想象；不过他最后复原的情况还算不错，这个可怕的经验在他身上留下的唯一标记，就是他失去了不得不切除的右手臂。

第十六章
一名寡妇的故事

离开察沃前夕（一八九九年三月二日），我曾前往沃依视察，前文曾提过，沃依位于察沃和蒙巴萨之间，距离察沃约三十英里。当时这里是个水涝成灾的困苦区域，热病、寄生虫和所有可怕的疾病四处猖獗；不过随着排水设施的兴建及丛林的清除，这些情况现在已完全改善了。我到访的那段期间，罗斯医生正好负责当地的医疗工作，由于传统习俗教我们不得拒绝任何在傍晚时分来敲门的朋友，因此，结束一天的工作后，我决定前去叨扰罗斯医生。那天我们一起度过了非常愉快的夜晚，并很自然地聊起当地大大小小的消息，其中包括一条才刚完工的道路，那条路从沃依通往乞力马扎罗山附近一个名为塔韦塔的教会据点。罗斯医生说，铁路工程师欧哈拉先生和他的妻小就住在离沃依十二英里远的泰塔人聚集区。

生死两隔的悲剧

第二天一早，我带着猎枪出门散步，但才离开罗斯医生的营帐不远,就看到远方四名斯瓦希里人抬着类似担架的东西,沿着新造好的道路走来。我担心可能出事了,马上上前询问他们抬了什么东西。他们大声回答我:"巴瓦那(长官)。"我接着又问是哪个长官,他们回答是"欧哈拉大人"。我询问事情的始末,他们告诉我,前一晚他们的长官遭狮子杀死了,长官的太太和小孩还在后面。听到这番话,我立刻指点他们医院的方向,同时告诉他们到哪里可找到罗斯医生,来不及听完更进一步的细节,我急忙回头寻找可怜的欧哈拉夫人,看看能否提供任何协助。走了一段颇长的距离后,我看见她手里抱着婴儿蹒跚走着,另一名小孩则牵着她的裙摆,长途跋涉让她整个人疲累不堪。我扶着她来到医生的营帐;前一晚的可怕经验让她几乎精神崩溃,加上拖着婴孩走了这么一大段路,更让她筋疲力尽,无法开口说话。罗斯医生立刻竭尽所能地照料她和她的小孩,并让做母亲的吞服了一颗安眠药后,将她安顿在一座帐篷里。傍晚她再度出现时,精神好多了,也能够告诉我们整个事件的恐怖经过,以下我尽可能以她的语气加以转述:

"事情发生的晚上,我们全都睡在帐篷里,我和我先生睡一起,两个孩子睡在另一张床上。宝宝正发着高烧,整夜哭闹不肯睡觉,我于是起身想拿点东西给她喝。就在这时,我听到奇怪的声音,好像一头狮子正在帐篷四周走动。我马上叫醒我的丈夫,告诉他我敢肯定狮子就在附近。他跳下床,拿着枪走出去。他环顾一下帐外的环境,并询问一名在附近营火旁站哨的斯瓦希里士兵,那名士兵回答,除了一头驴子外,并没看到任何东西。

所以我丈夫又走了进来，告诉我不用担心，我听到的只是驴子。

"那天夜里非常闷热，我丈夫将营门掀起，又在我身边躺下。不久，我进入半梦半醒的状态，却因为好像有人猛地抽走了枕头而惊醒。我转头朝身旁一瞧，发现丈夫不见了。我跳了起来，大声呼喊他却没有得到任何回应。就在这时，我听到门外的箱子发出声响，马上夺门而出，却看到我的丈夫倒在箱子之间。我跑上前试图抬起他，却发现自己没办法做到，于是我叫那名斯瓦希里士兵过来帮忙，但他拒绝了，并说有一只狮子正站在我旁边。我抬起头，看到一头巨大的野兽在距离不到两码的地方对着我咆哮。就在此时，那名士兵开枪了，很幸运，枪声惊吓了狮子，它立刻往灌木丛奔逃而去。

"接着四名士兵全走上前来，将我丈夫抬回床上，但他早就

位于沃依的医疗营帐，欧哈拉夫人便是在此地疗养

死了！我们才一进入帐篷，狮子便又回到营门前不断徘徊，好像随时想扑进来抢回它的猎物。士兵们开枪射击，却一直打不中，只能暂时将它吓退。它很快又再回来，一边咆哮低吼，一边继续绕着营帐打转，直到天亮。我们得随时发射子弹，才能将它挡在门外。天亮后，它终于消失了，我让人将我丈夫的遗体抬到这里，我和孩子则跟在后面走，直到遇见了你。"

这就是欧哈拉夫人令人同情的故事。我们唯一能给她的安慰就是向她保证，她的丈夫当场毙命，死时并无痛苦。这是罗斯医生趁她休息时验尸后得到的结论。他发现欧哈拉事发当时就已死亡，狮子咬住他的头，上下排长牙从太阳穴后直直穿入头颅里交会。我们赶在天黑前将他葬在附近一处安静的地点，罗斯医生献读祭文，我则协助将简陋的棺木放进墓穴里。泣不成声的寡妇、一脸好奇的稚儿、幽暗低垂的夜幕、围在一旁的原住民黯淡的身影，这一切结合在一起，为一出异常可怕的生命悲剧画下最撼动人心、最庄严肃穆的句点。

令人欣慰的是，几星期内，那头狮子就为这场惨剧付出了代价。一名泰塔人从树上射出毒箭，结束了它的性命。

坎帕拉的市集

第十六章　一名寡妇的故事　135

第十七章
狂怒的犀牛

新任务，新刺激

一八九九年三月，我在察沃的工作已告完成，我接到命令，转调铁路工程营队负责那里的部分工程。基于许多理由，我为必须离开察沃而难过，毕竟我曾在这儿度过精彩刺激的一年；不过，新职位也令我感到高兴，我知道会有许多有趣的工作等待着我，随着铁路往内陆开拓，也会有变换不断的营区和景色。因此，抱着愉快的心情，我在三月二十八日前往我的新工程指挥部报到。当时铁路工程营队已来到一处名叫马查科斯路的地方，从蒙巴萨到此地约二百七十六英里，其中有一段正好通过阿西平原，那是一片无树、无水的广阔区域，光秃秃的地表除了野草外，什么都没有，成群的动物经常聚集在此地吃草。离开察沃后，有好一段路上的景观皆维持不变，火车接连驶过荆棘遍布的"尼伊卡"，直至来到离海岸约二百英里的马金杜才出现明显的不同。从这里开始，所到之处尽是辽阔、有趣的广大草原，其中栖息着各种动物，铁路沿线百英里内都可见到它们安

辽阔的阿西平原

静吃草的模样。途中,我还幸运地看见了乞力马扎罗山的优美景致,整座山从山脚至山顶都显得明亮而壮丽,基博峰峰顶终年不融的冰帽更是直达云霄。

我发现马查科斯路的景观和气候与我先前习惯的察沃有很大的不同。在这里,我可以见到绵延好几英里的美丽大草原,林木遍布,宛如英国公园。能够眺望一大片宽广的原野,感觉自己不再被无边无际、灰暗沉闷的荆棘荒野所包围,真是令人快慰。由于马查科斯路的海平面高度远比察沃高上四千英尺,气候变化也就非常明显,和我过去一年所待的那个烈日河谷相较,此地的空气清新、凉爽多了。

我此次的任务是加紧赶工,让铁路能尽快通抵内罗毕,此地位于阿西平原再过去五十英里处,国家铁路局的指挥部将在此成立。很快我便发现铺设铁路是一件最有趣的工作。每个步骤都得按照流程精确进行:首先将地面整平,然后铺设路基并填补坑洞,另外还得开凿过山隧道、建造渡河桥梁。这些工

第十七章 狂怒的犀牛

首先必须将地面整平

作完成后，一列工人往前移进，按照一定距离放下枕木，第二组人马将铁轨摆入正确位置，第三组负责配送栓楔、接轨夹板、螺栓和螺帽，第四组则动手将铁轨依序安装在枕木上。最后，负责收尾的小组则会在枕木下方及四周塞进泥土与碎石，让它们具备足够的抓地力和硬度，如此一来便大功告成。有时我们一天只能铺几码，有时却可铺上一公里多。有一次，我们成功打破单日铺路纪录，并欣慰地收到外交部铁路委员会寄发的贺电。

然后铺设路基并填补坑洞

第十七章 狂怒的犀牛

第二组人马将铁轨摆入正确的位置

死里逃生

为了侦察地形并粗略评估制造枕木、桥梁等所需的材料是否足够,我养成每天早上出门散步的习惯,沿着铁轨走到尽头后,我会再往前多走一段距离。如想避免因材料短缺而导致的严重延误,这么做确实有必要。我来到马查科斯路后的第十天,就曾越过最后一截铁轨,往前走了五六英里远。走这么远对我而言是一件非比寻常的事,碰巧这次又只有我一个人,马希纳留在后方营区里。我发现左方二英里远处有一个黑色物体,我原以为是只鸵鸟,于是毫不在意地朝它走去,但很快便发现是远大于鸵鸟的动物,等再靠近一些,我便认出那是一头躺卧着的巨大犀牛。我小心翼翼地继续往前走，在短草丛里迂回前进，最后终于进入距离犀牛休息处五十码的范围。我趴在地上注视着它，才一会儿工夫，它似乎已经察觉我的存在；它站起身，直视我所在的位置，接着开始以我为中心绕着半圆。嗅到我的那一瞬间，它突然像只猫似的掉头转身，笔直向我冲来。我马上开火，希望借此扳倒它，可惜我那软弱无力的子弹只让它更加愤怒，对它的厚皮起不了任何作用。一见如此，我急忙趴下，让身体平贴草地，然后将安全帽丢到十英尺外的地方，希望犀牛能发现这顶帽子，转而将怒气发泄到帽子身上。当它如雷般怒吼时，我几乎不敢呼吸。我可以听到它不断喷气，同时蹂躏践踏我身旁的野草，不过我十分幸运，它并没有看到我，直朝我左边几码外的地方冲去。

它一经过我身边，我的勇气马上又死灰复燃，忍不住朝它背后放出一串子弹。然而，所有的子弹碰上它的厚皮后，不过发出"劈啪"一响就化为碎片，同时让它身上的干泥化为粉末落下。事实上，这些子弹的唯一功效就是使它更为愤怒。它静止了大约一秒，接着极其凶恶地用角抵着地面，再度围着我绕着半圆。这举动让我比往常更加惊恐，我相信如果让它再次闻出我在哪里，我休想再逃过死神的魔掌。不幸的是，我的害怕成真了，它立刻闻到了我的所在，并将鼻子指向天空后又放下，对着我像攻城槌般冲了过来。我感觉到它大脚踩地的沉重声响，却不敢移动或抬头，深怕它会因而看见我。我的心脏像蒸汽锤般怦怦直跳，每一秒我都满心期望自己如果能飞就好了。沉重的脚步声

第十七章 狂怒的犀牛

越来越近，我已经完全放弃自己能逃过一劫的希望；我依旧趴着不动，从眼角往外瞄，看着那头疯狂的野兽从旁奔过。它再一次错过了我！我这一生从未感到如此放松，当然也不敢再企图骚扰它。这下它真的走了，我心满意足地看着它慢慢消失在远方。如果不是这次亲眼所见，我完全不敢相信这种看似笨拙的壮硕动物可以跑得这么快，而且能像猴子那般迅速掉头、转身。那是一头年老的犀牛，又处于盛怒之下，如果发现了我，必定会将我踩成粉末。

一级棒的战利品

这事过后不久，有一天布洛克医生和我出门打猎，就在那天事发现场附近，我们看到前方不远的洞穴里有两头犀牛。我们开始朝它们潜近，一边走一边利用地面的凹沟作掩护，两人之间保持五十码的距离，以避免同时受到攻击。倘若犀牛真的发动攻击，至少其中一人可以从侧面朝它开枪，还有机会将它击倒。我们以这种方式小心前进，终于设法进入犀牛所在位置的六十码内。这次轮到我负责开枪，于是我将枪管瞄准那只体型较大的犀牛，当时它正将大头从右边转到左边，犹豫着要攻击我们哪一个才好。最后它选中布洛克，给了我千载难逢的机会。我马上朝它肩颈间的凹处射去，那怪兽应声倒下！当它侧身卧倒时，粗短的腿抽搐了一两下，之后再也不动了。另一只显然是一头发育良好的年轻犀牛，当我们企图靠近它倒下的同伴时，它反抗

犀牛再也不动了

这件战利品确实值得我花费这么多苦心

第十七章 狂怒的犀牛

得十分激烈。我们并不想杀它,只好对着它又吼又丢石头,大概花了两个小时,才成功将它赶走。接着我们上前将犀牛皮剥下来,这当然是非常吃力的工作,但我们终究还是完成了;为了让这件战利品加入我的收藏,确实值得我花费这么多苦心。

第十八章
阿西平原上的狮子

我负责铁路修筑营队的工程后不久,工程大队就来到了卡皮蒂平原。卡皮蒂平原与阿西平原的界线并不清楚,事实上,若以外观或地形来看,很难区分两者有何差别。它们连成一气,形成一大片覆满野草、绵延起伏的草原,干涸的峡谷横亘其间,沿着晒焦的河岸,几棵发育不良的矮树(此区唯一能见到的树)奋

杰克森野羚

力生存着。在这一大片土地上,旱季里除了四十英里外的阿西河与几处只有动物知道的水洼外,再也找不到任何水源。然而,这些起伏平原的最大特征以及让人永不觉单调之处,就是拥有丰富多样的动物资源,任何想得到的动物,这里几乎都看得到。我自己就曾在这里见过狮子、犀牛、豹、巨羚、长颈鹿、斑马、野羚、狷羚、水羚、疣猪、葛兰特瞪羚、汤姆森瞪羚、飞羚,还有鸵鸟、大大小小的鸨、非洲秃鹳,以及其他数不尽的兽类和鸟类;而沿着阿西河河畔还能发现数量庞大的河马和鳄鱼。在我停留当地的那段期间,这些大平原同时也是马赛人豢养无数牛群的主要牧地。我很高兴能告诉各位,从铁路以南延伸到与德属东非①的交界,从东边的察沃河直达西边的科东山谷,这一大片地区如今已是管制最严密的野生动物保护区,只要这片广大的腹地以庇护所的形态继续保留下来,没有任何一种动物会面临绝种之虞。

水荒

想横越这片干涸的大地,我面临的最大困难,就是必须准备

---

① 德属东非,包括现在的坦桑尼亚(不含桑给巴尔)、卢旺达和布隆迪等。一八八四年,德国探险家彼得斯代表德国一特许公司和东非各首领订立一连串条约;一八九〇年,德将此地并为德属东非。一战后,国际联盟同意德属东非由各国托管,坦噶尼喀划归英国,西北卢旺达—布隆迪划归比利时,东南部的基永加划入莫桑比克,归葡萄牙。二战后,这些地区由联合国托管,其中坦噶尼喀于一九六一年独立,一九六四年和桑给巴尔组成坦桑尼亚;卢旺达—布隆迪于一九六二年独立,成为卢旺达与布隆迪共和国。

足够的水供三千名工程营队的工人饮用,因为沿途绝对找不到任何水源,除非我们愿意花几个月的时间走到平原另一边的阿西河河畔,否则不会有奇迹出现。我们深入缺水地带后,这问题日益严重,面对一大群整日顶着热带烈阳工作的人,任何物资的短缺都会造成严重的影响。每天,我们会从之前经过的最后一个水源地汲水,装进水槽后,放在两个车厢上运送至工地,当然,随着工程的行进,这个水源地离我们越来越远。这是造成工程进度大幅落后的主因,抽水进水槽的过程造成铁路不通,造路的建材也就无法运送;而当供水车回到工地配水给工人时,工人们往往因为急于取水而发生争执或斗殴,因此又浪费了许多时间。一开始我让大部分的补水工作在晚上进行,有一次,一头令人讨厌的狮子走近正在操作水泵的工人,我们只好放弃在夜间工作。事实上,工人本身也急切想要获得足够的水,其中比较大胆的人曾冒险深入草原,寻找可能存在的水塘——草原上动物的数量如此庞大,相信某个地方一定有水。然而,这几次探险的唯一结局,就是其中的三个人再也没有回来,他们究竟发生了什么事,始终没人知道。

我们深入这片干燥的土地一段距离后,亦即在我饱尝缺水所带来的不便以及补水车造成的延误时,一名来自草原某个偏远角落的原住民来到我的帐篷;他未着片缕,只有左肩上搭着一小块牛皮,在我营门前以原住民特有的方式跪了下来。我问他有什么事,他回答:"听说伟大的长官需要水,我可以告诉他哪里找得到水。"如果他的话可靠,这真是个好消息。我进一步详问

第十八章 阿西平原上的狮子 147

他，确定不久前（但我无法判断究竟是多久前），他在一次远征的突袭中，曾在某处找到水源。我问他那地方是否很远，结果他以斯瓦希里语回答我："马巴力奇多戈。"（没多远。）之前我曾领教过何谓"马巴力奇多戈"，那就好像爱尔兰人常挂在嘴上的"再一会儿就到了"；我决定隔天一大早就出发，前去寻找那个池塘——我的报信者是这么称呼它的。这个可怜人显然饿坏了（当时此区的原住民正遭遇一场非常严重的饥荒），我请人拿来食物和水，让他狼吞虎咽地饱餐一顿。傍晚坐在营火旁，我以蹩脚的斯瓦希里语和属于马赛族的他聊了很久，进而认识了这个有趣部族的一些奇特或野蛮的风俗。

第二天，我带着点三〇三步枪很早就出发了，马希纳则手拿十二号口径的猎枪跟着我，我们还带了另一名印度人负责扛水和食物。我们的马赛向导——后来我们知道他叫伦古——似乎十分确定该往哪里走；他带着我们穿过起伏的平原，大约是顺着铁路行经的方向前进，只不过我们走在离铁路中线尚隔几英里的右侧。行进的过程充满趣味，沿

水羚

途放眼望去尽是成群的野羚、狷羚、瞪羚和斑马；但尚有要事待办，我只能将打猎的乐趣留待回程途中再享受。接近中午时，我们来到伦古所说的"池塘"。那是一个直径约八码宽的坑洞，不久前里面的确有水，但正如我所料，现在已经完全干涸。一大堆骨头散置在坑洞周围，我无法辨识它们属于被杀的猎物，抑或是因缺水而渴死的动物。发现池塘是空的，我们的马赛向导显得十分懊恼，不断用他那特有的语言抒发难过的情绪，其中卷舌的"r"音就好像定音鼓般不绝于耳。

装死的角马

寻找水源的行动到此宣告失败，我决心试试自己打猎的手气。我让马赛向导和印度挑夫先回去，自己和马希纳沿着干涸的水洼兜了一大圈。四面八方都是猎物，但它们比早上见到的动物们羞怯得多，我的潜近最后都徒然无功。事实上，那几乎算不上潜近，我根本是在毫无遮蔽的情况下接近优雅的汤姆森瞪羚或葛兰特瞪羚。有一两次我本想开枪射击，但受制于距离太远而作罢，在这种情形下，子弹射出后恐怕只能令动物受伤而已，我觉得看到肢体残缺的动物跟跄而行，是最令人难过的事。我们走了好几英里都一无所获，我开始认为应该返回营帐，毋须为了打猎如此大费周章。然而，就在此时我眼前掠过一群角马；我蹑手蹑脚地设法来到距离它们三百码内的位置，将枪管朝向其中最大的那一只，静待适当时机后开火，将它击倒在地。我跑向那头倒下的动物,它看起来即将断气,我令马希纳用猎刀刺入它的心脏,尽快结束它的痛苦,但马希纳的手脚显然不够利落,刀子好像刺不进猎物的硬皮,我把枪递给他,拿过刀子打算亲自动手。我举起刀子正准备刺入时,那头角马突然一跃而起,吓了我一大跳。它步履摇晃、眼神恍惚,盯着我看了一会儿后,竟转身开跑,令我大吃一惊。起先它的步伐跟跄不稳,让我相信它走不了几码就会倒下;我不希望再开枪惊动附近其他动物,决定等它自己躺下。然而,更令我惊愕的是它摇摇晃晃走了六码后竟然恢复了平常的健步如飞,敏捷地再度回到同伴的队伍中。之后尽管我足足跟随了四五英里远,终究失去了它的踪影。

事实上,角马这种动物就像吉卜林书里的苏丹士兵,"总在性命交关时装死";我的朋友罗森也曾有过十分类似的经验,不过结局比我不幸多了。那一回他以同样的方式将角马击倒,并且认为它已经死了;他迫不及待地想拍几张照片,就从印度随从手里拿起立式相机,将镜头对准猎物头部。正准备按下快门的那一刻,居然惊讶万分地看到那头角马忽然跳起,并朝他冲撞过来。他迅速向旁跳开,登时相机朝天空飞去,紧接着遭殃的是那名不幸的印度人,角马将整支头角刺入他的大腿里,并将他顶到背上。那头野兽经过这番最后的挣扎后终于倒下死了,留下庆幸自己侥幸逃过一劫的罗森。

放弃对角马的追捕后,马希纳和我启程返回营区,不久我发现远处左前方的长草丛里有个红棕色物体正在移动。我问马希纳是否看得出那是什么,他说不知道,而我还来不及拿出望远镜,那不知名的动物就已闪入草丛里。不过,我仍紧盯着那个位置,并慢慢朝它移动。就在我们来到一百码左右的距离时,红棕色物体再度出现了,我看到的竟然是一头狮子正自长草上方探出毛绒绒的头部。这时马希纳也看到了,他大叫:"看!长官,是'薛尔'(狮子)!"我低声要他保持安静,不要理会狮子,我自己也尽量这么做。我们继续往前,慢慢靠近那头野兽,不过当它狰狞地看着我们时,我们却装作忽视它的存在。当我们更靠近时,我轻声问马希纳,如果我打伤了"薛尔",他是否有勇气面对它的反击?他简单地回答我,我到哪里他就会到哪里;他果真做到了这一点。

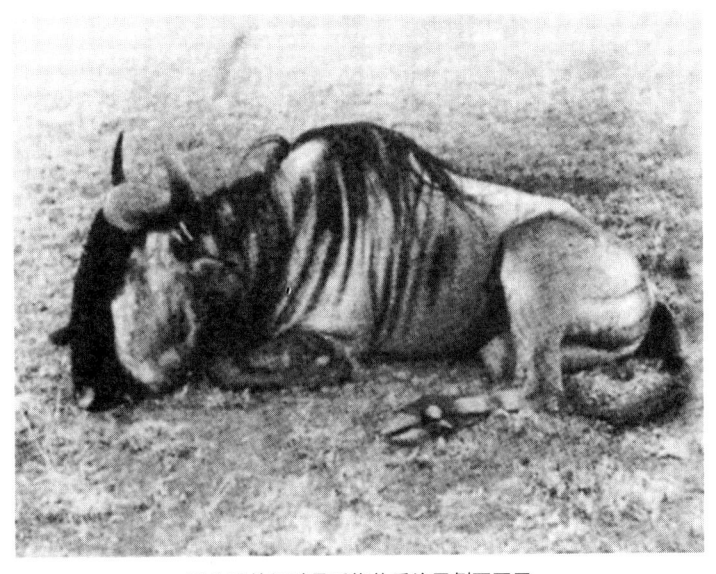

那头野兽经过最后挣扎后终于倒下死了

与公狮对峙

我们往前挪近时,我谨慎地用眼角余光看着那头狮子。它随时有可能从我们眼前消失;看着它缓慢地将大头抬高于草丛之上,目不转睛,静静瞪视着我们,那情景着实难以形容。可惜它隐身在浓密的草丛里,我无法分辨它身体的轮廓,只好小心绕着圈子,看看后方的掩护是否比较少,以便能对准它的肩膀开枪;不过,当我们移动时,狮子的两只眼睛也跟着我们兜转,它的头始终面朝我们。绕了半圈后,我发现后方的草同样浓密,依然没有射击的机会。此时我们已进入距离狮子七十码的范围内,我们越接近,狮子对我们似乎就越感兴趣。它一改刚刚面对我们时的惺忪眼神,此时正全神戒备着,但我尚未感觉到它想攻击的意图,如果我们不激怒它,它肯定会让我们全身而退。不过,不论在平坦的辽阔草原上以这么近的距离攻击狮子须冒多大的风险,我已决定奋力一搏。我站稳双脚,谨慎地瞄准它的头,开枪射击。如我先前所言,这段射程只有七十码,但惭愧的是我这枪竟蹩脚地射偏了。更令我讶异的是那头狮子竟然动也不动(我甚至觉得它连眼睛都没眨一下),继续以狐疑不解的眼神端详着我们。我重新瞄准,这次对准它鼻下的部位,再度扣动扳机。这一枪较为成功,狮子翻了个大筋斗。我以为它没命了,它却立刻跃起,让我又惊又怕的是,此时一只母狮忽然出现,我们完全没想到也未曾察觉它的存在。

更糟糕的还在后面,两头狮子同时向我们展开攻击,令我们惊慌失措。它们纵身扑来,同时发出嗥嗥怒吼。可怜的马希纳大声喊:"长官,两头狮子冲过来啦!"我告诉他站在原地不要动,为了他的小命着想,连小指头都不可以动一下。一转眼,两头狮子移近到离我们只剩约四十码的距离,而且丝毫没有停下来的迹象。我心想,既然试过保持不动的方法了,现在只有将枪架上肩头,放手做最后一搏了。就在此时,受伤的狮子突然停了下来,摇摇晃晃地倒在地上。母狮朝我们这方向多跳了几下,接着回头望着它那试着再度站起的伴侣,此举令我暂时如释重负。这两只猛兽就这样一边站着发出凶悍的怒吼,一边甩动着尾巴,我感觉好像过了几世纪之久。最后母狮终于决定回到公狮身旁,它们将头靠在一起,同时转向我们,发出最具侵略性的咆哮声。当时只要我们其中一人稍微动一下,我相信狮子会立刻纵身扑上另一人,施以致命的攻击。

当两头猛兽站着瞪视我们时,原本也是射杀它们的大好机会,但我必须承认,当时我根本没有勇气这么做。我只是虔诚祷告着,希望它们不要再发动攻击,如果它们愿意就此离开,我将心怀感激地任由它们离去,不再和它们敌对。就在此时,公狮忽然变得十分虚弱。它蹒跚地往巢穴爬了十码后倒了下来,母狮跟着它,在它身旁躺下,但它们依旧看着我们,并发出凶狠的怒嚎。几秒后,公狮再次挣扎着站起来,往后退了点,母狮陪着它直到它再次倒下。同样的过程重复了三次后,我终于能够比较畅快地呼吸了,因为它们已经退回原先现身的浓密草丛。接着

第十八章 阿西平原上的狮子

我朝躺在伴侣旁边、部分身体隐在长草下的母狮开了一枪。我觉得我并未打中它,不过至少她马上逃开,以极快的速度跳入旷野中。

为了让它跑远一点,我朝它身后又发射了几发子弹,这才小心翼翼地接近那头受伤的公狮。它背对着我,伸直了四肢侧卧着,由它腰际的起伏可以看出它还没死,我朝它的脊椎又补了一枪,之后它动也不动了。基于安全考量,我没有马上走向它,反而先让马希纳朝它身上丢几粒石子,确定它真的死了。

又添战利品

站在死狮面前,看着它壮硕的头部、尖利的爪子和森白锐利的长牙,我们感到无比兴奋和高兴。那是一头年轻但发育良好、身体状况绝佳的狮子,从鼻尖到尾端总长共九英尺八点五英寸。我的最后一枪击中肩膀附近的脊椎,并嵌进身体里;第一枪如先前所言,并未打中,第二枪击中两眼之间,正中前额,但这颗子弹并未贯穿脑袋,它在通过前额骨时卡住了,火药炸开后散入舌头根部,舌瓣两边还可见到子弹碎片。我将舌头割下并吊起晒干,打算作成纪念品,只可惜才一转身,一只秃鹰猝然俯冲而下,掠走了舌头。

从我将狮子射倒,到它第一次踉跄倒下,这期间不超过一分钟,然而,这也绝对足够让它跑过来抓走我们其中之一。无疑地,此番我们能保住性命,完全归功于我们两人能维持不动的姿势；我真不知该如何赞赏马希纳临危不乱的完美表现。当时如果他的举动像我所认识的另一名扛枪夫，事情绝对不会有这么快乐的结局。那名扛枪夫跟着G上尉出门，在离我们的出事地点不远的这一区打猎。和我们一样，他们碰到一头狮子并开枪打伤了它，狮子扑向他们，吓坏了的扛枪夫没站在原地，反而拔腿开跑，结果引得狮子狂奔而来，不幸的G上尉就这样遭遇了可怕的死亡命运。

当马希纳到附近寻找原住民帮我们把狮皮扛回营帐时，我将这地方仔细巡视了一遍，发现一副吃了一半的斑马尸体。我注意到这头斑马是在空地遇害后才被拖进草丛里的，而留下的痕迹告诉我，这些全是狮子的杰作。我不禁想起那头母狮，于是拿起望远镜朝它先前离开的地方扫视一阵，发现它就在一英里外，大喇喇地躺在一大群狷羚之间。那些狷羚在一旁专心吃草，完全无视它的存在。我很想跟上去追捕它，却担心这样做，那些在天空盘旋已久的秃鹰马上会飞下来停在死狮身上，弄坏了它的毛皮；即使只有几分钟的时间，这群贪婪的鸟类能做的也简直超乎想象。于是我又回到死去的猎物旁，跨坐在它身上。我曾经在书上读过，朝狮子的正面开枪是十分危险的事，仔细审视狮头后，理由就不难理解了——狮子的前额往后大幅倾斜，子弹几乎不可能贯穿它的脑袋。这个地区有很多狮子，我打算多猎几头，因此我静下心来，想出了一个能避开正面射击的危险的办法。大约两星期后，我终于有机会将这个计策付诸实行，结果居然十分完美。不过这是另一个故事了，留待后文细说。

第十八章 阿西平原上的狮子

随后我着手剥下狮皮，发现凭一己之力想完成这项工作实在非常吃力。那是一只极为肥美的动物，我知道马希纳又能结结实实地赚上一笔，那些印度工人几乎愿意付出任何代价来换取狮肉，他们深信那是对抗风湿及各种疾病的仙丹妙药。剥皮工作终于完成后，我耐心等候马希纳的归来，此时他比我所预期的走得更远了。让一个人在广袤的平原里停留数小时，身旁是死狮，头上是盘旋不去的秃鹰，几英里内除了野生动物外别无他物，实在是一件令人精神崩溃的事——其实我说的正是我自己。因此，当我在漫长的等待后终于看到马希纳领着六名赤身露体的原住民走过来时，心里的确松了一口气。马希纳回来时不小心迷了路，幸好他总算找到了我。我们立即启程返回营区，正好在日落时分抵达。返营后我做的第一件事就是将炭灰涂抹在狮皮上，再用前几天做好的架子将它撑开。当天晚上的营火烧得十分兴旺，马希纳添油加醋地述说着我们的屠狮经过，身旁围满了热心听众，从他嘴里诌出的英勇事迹，连"伟大的猎人巴拉姆"都要自叹弗如呢。

第十九章

落难商队

这次探险过后不久,铁路已修筑到卡皮蒂平原的边缘。我们计划在这里设个车站,所以有一两个星期的时间,工程指挥部暂迁至此。在新营区安顿下来几天后,一支约四千人的大型商队从内陆跋涉而来,他们带着行李和食物,打算前往沿岸供在当地镇压反乌干达苏丹暴动的锡克军团使用。队伍里大部分的脚夫都是布索加人,不过巴干达人(即乌干达人)和乌尼奥罗原住民也不少,此外还有其他种族。

这些来自非洲中部的民族,一生中从未看到过或听说过铁路,他们表现出兴奋莫名的好奇,聚拢在一辆正靠站的火车周围,以奇特的原住民语言叽哩呱啦猜测它的来源和功能。我想我应该为他们提供一些小小的娱乐,于是踩下踏板、鼓动汽缸并鸣响汽笛,不料造成惊人的影响。这一大群人首先趴在地上害怕地鬼哭神号,接着张开双手低头往四处鸟兽散,直到我按熄汽缸、关掉汽笛,他们四下溃逃的动作才停止。后来,他们在好奇心的驱使下,小心翼翼地慢慢折了回来,偷偷摸摸地接近火车,仿佛它是一头活生生的丛林怪兽。终于,其中两名领头者鼓起勇气爬上了火车头,正好我要到后方运一些建材回来,他们也就尽情享受了一趟短程顺风车。

商队离开后不久,我们遭逢了一场暴风雨,整个平原化为水乡泽国,所有铁路工程也完全停摆。事实上,倾盆大雨对这个久经烈日曝晒的地区,造成了惊人的影响。以黑色底土形成的地面一下子变成一堆厚厚的烂泥,在上面行走铁定滑跤并跌得一身是泥。看来无害的溪谷,半小时前还见不到一滴水,转眼间怒吼的激流冲击着河的两岸。由于没有桥梁,这个地区短则数小时、长则数天完全无法渡河,因此,聪明的旅人总是先渡河再扎营,否则洪水一来,他和商队很可能会困在溪流另一边长达一星期之久。当然,雨一停,洪水就会快速消退,河流和溪谷再度干涸,整个区域又恢复原本干枯龟裂的景象。

我的斑马宠物

筑路工程因豪雨而停顿。一天早上我步出营帐时,发现铁路北边几英里外的地方有一大群斑马。许久以来我一直有个心愿,希望能活捉一匹斑马,此时我告诉自己:"机会来了!"下雨天工人本就无事可做,再加上地面十分泥泞,我想如果能够有技巧地包围斑马,加以驱赶,将它们一步步逼入举步维艰的地面,不需多久,总有几只会精疲力竭,斑马就手到擒来了。我为这次行动挑了十二名脚程快的印度人,原本负责挖土工作的他们,一听到这个计划,全都跃跃欲试地准备大展身手。工人们以半圆形包围了一部分斑马后,开始高声狂吼并逐步前进,受到惊吓的斑马疯狂地往左右奔窜,并如我们所预期的那样往特别泥泞的地方冲去,很快就陷入进退两难的境地。我们选了几头年轻的斑马,让它们无法动弹,然后将它们扳倒并骑坐在它们头上,等其他人拿绳索来加以捆绑。我们用这种方法抓了六匹斑马;它们非常狂野、暴躁,让我们吃了很多苦头,不过最后还是胜利将它们带回营帐,用绳子牢牢绑住。整个冒险行动持续了几个小时才结束。

抓到的六匹斑马,我自己留了三匹,另外三匹送给铺路工程师,因为他的部属也协助了这次的猎捕行动。不久,我的其中两匹不幸身亡,剩下的那匹两岁的健壮斑马则发育得非常良好。

我们顺利地将它们带回营地

起先它脾气很坏，对每个接近它的人又踢又咬，有一次甚至用后腿踹踢我的胸部，将我抛得老远，幸而并未造成重伤。不过一段时日后，它就变得非常温驯，愿意让人用绳子和项圈牵着走，也会就着水桶喝水，自我手里取食。我们总用一条长绳将它拴在一根打入地面的木桩上，留它独自在空地上吃草。然而，一天下午我回到营区时万分懊恼地发现它不见了。仆人告诉我，下午一群野生斑马奔驰而过，我的这匹斑马受此激励，奋力将木桩从地上拔起，加入它的同伴追寻自由去了。

人间悲剧

就在我们成功制伏斑马几天后，巴索加脚夫组成的庞大商队从沿岸回来了；不过，他们的样子完全变了！往日的快乐、开朗已不复见，可怜的他们处境悲惨。原来他们在旅程中染患了可怕的痢疾，想必是吃了完全不习惯的食物所致；在家乡，他们平日的简单饭菜里几乎只有香蕉，也用它制造最提神的刺激性饮料。商队死伤惨重，沿途不断有已死或临死的人被弃置路旁。这就是所谓的适者生存，毕竟整个商队不可能在缺水和缺食物的野地里为病患稍作停留。商队里只有一名欧洲人随行，虽然他像奴隶般辛苦工作着，但面对数量庞大的伤患也无能为力，更何况巴索加人对自己同伴的苦难似乎漠不关心。十三名濒临死亡的难民靠近我的营帐，他们处于绝望无助的困境，身体的虚弱让他们什么事都做不成。我一发现他们，马上烧了桶热水，并将几罐炼乳和一大瓶白兰地掺和在一起,搅拌后喂他们吃。他们渴求食物的低微呼喊听了真叫人心酸,有些甚至只能喃喃低语:"巴瓦那,巴瓦那(大人,大人)",然后才张开嘴巴。事实上,其中一两个人甚至已无法这样做了,他们虚弱得无法咽下我放在唇间的一匙牛奶。最后有六个人回天乏术,当晚便死了,其他幸存的七人在我悉心照顾近两个星期后才完全康复。营区迁移时,他们被安置在货车车顶,跟着我们一同走,直到终于接近康复,有能力重新踏上乌索加的返家之路为止。他们非常感谢我们的照顾。

发现这些落难原住民的隔天,我计划骑马前往铁路前方几英里处,安排在斯托尼阿西河(意为"砾石阿西河")上造桥的相关事宜;斯托尼阿西河是阿西河的支流,由于河床及沿岸有数不尽的砾石而得名。我知道我当晚不会回营地,于是命人稍后将营帐运来,并交待他们妥善照顾生病的巴索加人。当我沿着商队返乡的路线行进时,每隔几百码就看到这些不幸脚夫的浮肿尸体,他们因无法跟上队伍而客死路旁。走了没多远,我就碰到这支落后队伍的后勤部队,因而亲眼目睹最难以想象的残酷行为。一名可怜的病患眼见自己完全走不动了,于是用一条鲜艳的毛毯裹住身体,安静地躺在路边等死,这时候,他的一名同伴贪图那光彩夺目、价值不菲的毯子,竟回过头来抓住毯子一角,就像抖开一捆木柴般,无情地从垂死者身上抽走毯子。看到这种情形我实在无法忍受,立刻策马朝那名无赖奔去,同时挥动我的"奇波口"(犀牛皮鞭),作势鞭打。他马上将手放在刀柄上,抽出一半刀子，不过一看到我下了马，并以枪对着他时，立即停止拔刀，打算逃跑。然而，我用手势清楚地告诉他，如果他不马上回来，并将毯子重新盖回他那即将死亡的同伴身上，我会毫不留情，马上扣动扳机。虽然百般不情愿，他最后还是照着我的指示做了，然后我叫他走在我前面，催赶他前往不远处的商队主帐。将他交给主事军官后，我很高兴他因为他的残暴和偷窃行为而被狠狠抽打了一顿。

击毙瞪羚和疣猪

让坏蛋得到应有的惩罚后，我继续朝斯托尼阿西河赶路。途中在离商队营区不远的地方，我发现远处有一头葛兰特瞪羚，透过望远镜，我发现那是一头长有一对长角的美丽公羚。几名巴索加人离开商队跟在我后面，显然打着肉的主意，那是他们最爱的食物。我将马儿交给他们，利用一处处草丛和地面的纵沟蜿蜒地匍匐前进，来到相当近的距离并准确瞄准后，我发射出子弹，将那头瞪羚一枪毙命。它一倒下，那几名巴索加人立刻扑到它身上，将它撕裂，大啖仍在抽动的生肉，并舔干延流至手掌上的温热血液。为了回报我让他们有肉可吃，其中两人答应跟着我走，帮我扛运瞪羚的头和后半身。当我们接近当晚准备扎营的地方时，一头疣猪突然跳了出来，几乎撞上我的坐骑的腿，看到它的獠牙特别长而漂亮，我立即跳下马来解决了它。巴索加人非常兴奋，马上割下疣猪的头，但我的部属（虔诚的穆斯林）碰

我来到相当近的距离后发射出子弹，将那头瞪羚一枪毙命

巧在这时把我的营帐运来，他们看到这头长相丑恶的猪，却感到异常恶心。

晒日光浴的蛇

当晚我扎营的地点就在斯托尼阿西河岸边，距离铁路预定通过的地方不远。我做了些笔记，写下造桥需要的物品。当时斯托尼阿西河完全干涸，但我知道，只要大雨一来，它有可能瞬间暴涨为滔滔洪流，因此有必要架设四十英尺的高架，以避免雨季时河水不断的冲蚀。第二天一早，我启程返回铁路工程营队，

第十九章　落难商队　163

途中不得不经过巴索加商队刚拔营离开的地方，一看到遭土狼翻掘过的一冢冢新坟，我只想快马加鞭地逃离这令人难过的地点。就快抵达营队时，我偶然发现一条巨蛇在草地上晒太阳，那金黄与亮绿交映的蛇皮在阳光下熠熠发光。或许是因为吃得太饱而昏昏欲睡或懒得动，我悄悄前进时，它似乎不太在意。我趁机以枪射穿了它的头部，它死时全身筋肉扭动的力量，让我对这类爬行生物超强的紧箍力气印象深刻。剥下它的皮是一件很轻松的工作，只可惜那漂亮的蛇皮颜色很快就消褪了，金黄转为白色，亮绿也化为暗沉的黑色。

疣猪

第二十章
阿西河一日游

虽然我们遭遇重重困难,铁路修筑工事仍火速进行,工程营队每天都会横过平原往前推进几英里。四月二十四日,整个营队抵达斯托尼阿西河,准备在此地驻营几天,以便搭建一座跨过干涸河床的桥,由于距离此地八英里的阿西河也必须搭造另一座桥,因此我经常得前往河道附近探勘,选择合适的搭桥点,并预先做好各种安排。有一次我来到阿西河时天色已晚,正忙着架设营帐,四下一望,很惊讶地发现两位欧洲女士竟坐在河岸旁的树荫下。此地经常有狮子出没,我知道这里绝非可供休憩的安全处所,于是上前询问能否帮上忙。原来她们是来自美国的传教士,计划深入内陆,正等着露营装备送抵,脚夫却被大雨耽误了;大雨使路况变得十分恶劣,也让营帐的重量增加了两倍。她们不停期待着同行男伴会跟着脚夫一起前来,不过至今仍看不到商队的任何踪影;后来,那支小型商队直到天黑很久后才抵达。在此情况下巧遇了我,对她们而言是十分幸运的事;由于两位女士既累又饿,我很乐意提供自己的帐篷任她们使用,并尽可能在野地里为她们准备一顿可口的晚餐。为了实践自己选择的志业,这些自小娇生惯养的女士竟能愉悦地面对未来遭遇的艰险困厄,这种精神实在令人惊叹。

第二天早上,她们继续未完的旅程,我则出发前往河畔,沿着上下游寻找适合的造桥地点。将所有可能的情况审视一遍后,我选择了一处最适合的位置,并在附近扎营一两个晚上,为工程的执行做些必要的测量与计算。铁路上桥前会有一个急转弯,在使用经纬仪做测量时,我遇到一个很大的困难,不知为什么,转弯处的最后一根木桩与弯道及直线相切的切点之间的距离始终无法再拉近。我反复计算,结果始终相同。最后我肯定是我用的角规出了问题,接着开始研究它们,很快便发现上面有一处严重的错误。我修正数据,并重新设计弯道,好不容易每件事都正确无误地厘清了,令我十分满意。

忙里偷闲

将铁路线上的转折点画好后,我想这会儿可以好好放松几个小时,于是决定溯溪而上,前往阿西河的源头,试试自己猎捕狮子的运气。阿西河在东转注入印度洋前,在此地几乎是朝正北方奔流,因而成为阿西平原西边的部分边界,沿岸分布着多刺的阔叶林木。有时这道绿色林木地带很窄,有时则足足有四分之一英里宽,树林间处处可见蔓草丛生的沼泽低地。溪流本身也时而开展成宽阔的水域,水面几乎覆满长芦苇和象草,岸边常见由矮小灌木形成的小块区域,我觉得万兽之王到溪边喝水后,很可能会在这里小憩片刻。我曾留意,狮子一旦吃饱喝足,就会毫无警戒地让自己躺卧在最先找到的阴凉地点;当然,除了人以外,没有东西会来打扰它,即使碰到人,此区的狮子也不会害怕,因为在我之前几乎没人猎捕过它们。

  之前我都是以步行方式展开探险活动,但这天早晨的工作让我觉得十分疲累,我决定骑马前往。和我同行的除了马希纳外,还有六名原住民,他们负责在狩猎时拍打树丛,以惊动猎物。匆匆吃完午餐后,我们从河的左岸出发了。起先我下马步行,一方面因为路面非常颠簸,另一方面我也担心狮子会突然从六名原住民前方可疑的灌木丛里跳出来;不过经过大约六英里后见什么事也没发生,我还是跃上了马背。这时原住民在我身后几百码外排成一列,一边通过矮树丛,一边尽情地大喊大叫,我则稳稳地骑在外侧,以防任何突发状况发生。大家进入比以往更为浓密的丛林时,我似乎看到灌木丛里出现动静,于是立即驱前

查看，不过并没有下马。突然间，一头母狮跳了出来，它直接切过空旷的道路，跳进另一簇灌木丛，另一头母狮紧跟在它身后。我跳下马，举起步枪，打算趁第二只母狮经过时射击它。就在我即将扣下扳机的那一刻，眼前竟跳出一头毛茸茸的巨大公狮，全速赶在它的伴侣们后面，令我大吃一惊。然而，在它尚未到达前方的密林前，我开了枪，并满意地听到深沉的怒吼，我知道，它受了重创。

之后，六名原住民和我小心翼翼地往前挪动，利用一切掩护钻过一棵棵树木，同时敏锐地搜索受伤猎物的踪迹。经过整整十五分钟缓慢却刺激的搜寻后，一名走在队伍较前方、大约在我左侧五六十码外的原住民高喊，他看见那头狮子就在我开枪时所在位置前方不远的一大片芦苇丛里，它的头部正好比芦苇丛高些，正等着我们靠近。几乎就在同时，我发现受伤的狮子留下的大摊血迹明显地朝着岸旁一处缺口蔓延而去，这个缺口显然是犀牛来回喝水而形成的。我谨慎地走向这个缺口，命令除了马希纳外所有人都留在原地，我自己则尽可能无声地钻过层层草丛，竭尽所能地想透过河岸偷窥一眼。我发现爬上树根本没用，伸展的枝叶无疑会挡住前方的视野，我只好带着急速跳动的心脏，继续慢慢往前挪移；我不知那只巨兽身在何处，觉得它随时会从便于隐身的芦苇丛里跳出来将我扑倒在地。事实上，我一直尚未听到对手的任何动静，我鼓足勇气沉着地往前爬行，最后终于藏身在一根合适的树干后，如此一来整个河岸铺展在眼前。狮子就蹲伏在距离我不到二十码的地方，幸运的是，它看着的不是我,而是一开始发现它踪迹的那名原住民。我小心翼翼地举起步枪,悄然无声地将枪管架在树干上,同时踮起脚尖以便看得更清楚,随后突如其来地朝它的头部开了一枪,它仿佛遭大铁锤击中般,就此倒地不起,一动也不动了。

当我大喊狮子已经解决时,原住民们欢声雷动地跑了过来,虽然我警告他们两只母狮可能还在附近,他们却毫不在乎,一眨眼就将死狮从芦苇丛抬到干爽的河岸上。不过,在允许进一步行动前,我命人先将灌木丛搜索一遍,确定没有任何母狮的踪影后,才开始为我捕获的完美战利品剥皮。这项工作进行到一半时,我决定将剩下的工作留给马希纳完成,打算自己继续往前碰碰运气,看看能否猎获更多的狮子或任何途中碰到的猎物。有一回,我确定看到了一头猎物,并费尽苦心地跟在它身后冲过高大的野草,凑近一看才发现那只不过是一头巨大的疣猪。我注意到它的獠牙长得很不错,决定将它据为己有。第一枪让它深受重创,我于是尽快追赶上前,并在十码的距离内再开了一枪,不料这次完全没打中,我不明白自己为何会失手,回头一看意外地发现地面升高了,我的射程因而偏了两百码。将失误修正后,最后一枪终于让那头受伤的野兽很快解除了痛苦。

乘胜出击

不过这天的活动尚未结束。在树林里漫游时,我瞥见远方有一头形貌优雅的羚羊,小心往前靠近后,发现那是一头飞羚。

我的朋友猎到一头飞羚，当时我有幸拍了一张快照

我的潜近行动十分成功，没花什么力气就捕获了这头漂亮的猎物。来到战利品旁边时，我很高兴地发现它的角远超过一般尺寸。记得有一次，我的朋友猎到一头飞羚，当时我有幸成功拍了一张快照，那张照片让我清楚地知道自己想要的猎物长什么样子。

天色越来越晚，我尽速回到之前留下马希纳剥狮皮的地方，却惊讶地完全看不到他的影子。我对天连鸣数枪，把嗓子都喊哑了，依然没有任何回应，只好假设马希纳已经返回便桥旁的营区。我加紧赶路，直到夜幕低垂时才抵达营门；回到营帐时发现马希纳平安无事，狮子皮也已钉好等着风干，也就狠不下心来责备他丢下我先回来了。第二天清早，我包裹好战利品，并返回工程营队的工作岗位,途中碰到另一名工程师,他向我喊道:"嗨!听说你做了一件了不起的'工事'。"

这时我整个脑袋里想的尽是前天的冒险,于是回答道:"是啊,没错,但是你从哪里听到的?"

"噢!"他说,"是雷诺尔德告诉我的。"

"天啊!"我答道,"雷诺尔德怎么会知道?我没开枪前他就已经离开了。"

"开枪?"他喊道,"你到底在说什么?"

"你不是说听说我做掉了一只了不起的'公狮'吗?"我问他。

"不,不,"他回答,"我讲的是建桥渡河的'工事'。"

我们两人皆因这项误解而开怀大笑,不过当他看到我身后的人抬着的战利品时,也不禁同意它确实足以占据我的所有思绪,让我什么也不想。

第二十一章
马赛人和其他部落

在阿西平原上还可看到一些马赛人,不过基本上他们都会远离铁路。这个民族现在主要居住在莱基皮亚高原,过去曾是东非最强势的原住民,作战时,从乌干达最远的边界至蒙巴萨,整个地区都对他们惊惧不已。后来饥荒和瘟疫让他们人数锐减,不过幸存的马赛人——尤其是马赛男人,仍旧身体精壮、四

马赛人的首领

肢敏捷。当我驻扎于阿西平原时，曾借机会晤马赛人的首领里纳那，他在内罗毕附近村落的"皇家住宅"里接见我。里纳那本人非常和蔼可亲，还送给我矛和盾当作纪念品；在族中他享有"最睿智领袖"的美名，我发现他的确当之无愧，每当面对难以回答的问题时，他就会用手肘轻推坐在一旁的总理大臣，命他代为回答。我试着说服他和他的妻小坐着让我拍几张照片，他们也很合作，可惜后来底片显影的效果很差。我也拍摄了里纳那的外甥和另一名勇士以矛、盾打斗的镜头，他们两人皆是使用长剑的高手，锋利的剑刃不止一次刺穿对手的盾牌。

善战的马赛人及神秘的恩德洛波人

马赛人拥有组织十分优良的作战系统。族里的勇士——他们称为"莫拉尼"——必须恪尽职守，服役期间严禁结婚、抽烟或喝酒。除了矛和盾外，他们平日也带着剑或木棒，悬挂在以生牛皮制成的腰带上；作战时，包着奇怪头巾的他们看来无比凶残。有一两次，我碰到出外侦防的马赛部队，尽管当时只有我单独一人，他们对我却十分友善。不过在英国还未接管此地前，他们经常会对附近比较弱小的部族发动突袭，一旦占领当地村落，立即用矛处死敌方男人，女人则留待夜晚再以棍棒解决。事实上，马赛人从不豢养奴隶也不接受俘虏，他们引以为豪的是：马赛勇士所到之处，从不留下任何活口。当然，这些突袭的主要目的是为了取得活的牲口。马赛人不从事耕作，他们的财

马赛勇士

富全取决于牛羊数量的多少，生活所需主要仰仗牛肉和牛奶，奇怪的是，虽然这个地区到处都是猎物，他们却从不打猎。由于如此依赖牛只，若缺乏好牧地，牛只自然无法长得健壮，于是他们对草满怀敬畏之情。他们也崇拜神祇，称他为"恩盖"，不过这个名词也适用于任何超出他们理解范围的事物。

马赛人最怪异的习俗，或许是将下颚的两颗门牙拔除。据说这个习惯起源于破伤风①大流行时,马赛人发现即使拔掉这些牙还是可以照样进食。这个解释似乎过于牵强,但我也只是如实记载。不过不管真正的原因为何,缺了两颗门牙确实成为马赛人最特别、最容易辨识的标志。我记得有一次我和一名马赛人外出,途中看见一颗白色骷髅头,属于他死去已久的族人(那头颅少了两颗门牙,容易辨识)。和我同行的马赛人马上拔起一把草,小心地塞进骷髅头里;他说这么做是为了避免邪祟上身。他还问过我许多问题,其中包括我的国家是否离上帝比较近。对于这个问题,我恐怕没办法心安理得地给他肯定的答复。原本马赛人习惯在对方脸上吐口水以示友好,不过和大部分其他原住民一样,现在已改用英国式握手礼了。

他们另一项普遍风俗就是将耳垂拉长,使其变形延长至五六英寸,然后替耳垂穿洞,用各种方式加以装饰,例如塞进直径约两三英寸的木块,或是小的圆锡罐,有的则挂上几条链子、指环、珠子或成串黄铜铁钉,全视个人创意而定。几乎每个男人都

马赛妇女

---

① 破伤风,又名"牙关闭锁症",因病菌产生的毒素侵害神经系统,产生肌肉痉挛、高烧、牙关紧闭等症状。

马赛少女

马赛妇女

会在脚上戴上小铃铛，好让别人知道他来了，女人则非常喜欢在自己身上挂满大量铁环或铜环。老实说，她们的手脚几乎全让这些环饰盖住了，就我看来，戴着这些环饰一定很重且不舒服，不过少了它们，没有一名马赛女人会认为自己是时髦的，而拥有的饰物数量越多，也代表她在族人中的社会地位越高。

基本上，马赛人并不埋葬死去的族人，他们认为这样会让泥土不洁。通常他们只会将尸体抬到距离村庄远一点的地方，然后任由鸟兽啃噬。殡葬的殊荣只有伟大的领袖才能独享，他们的尸身上也堆砌着高耸的坟冢。有一天我在察沃附近看见一座类似的坟冢，我很小心地挖开它，却什么也没发现，或许是因为我挖得不够深吧。一般说来，马赛人是正直又令人尊敬的民族，他们的凋零是一件十分可惜的事。

恩德洛波人有点像是马赛人的奴隶，不过和领主不同的是，他们是打猎的

恩德洛波男孩

第二十一章 马赛人和其他部落　177

民族。遇见他们的机会并不多，这些人藏身在洞穴和灌木丛里，而且会随猎物不停四处迁徙。不久前，我在埃尔达马溪谷曾遇见几名恩德洛波人，他们属于比较开化的一群，十分优雅的女孩们已经摒弃不穿衣服的传统，改着宽大的白色长袍。

恩德洛波男孩带着疣猴

遭误解的吉库尤人及好客的卡维隆多人

吉库尤人居住在内罗毕到凯东河一带以及肯尼亚境内，他们的体型和马赛人很像，不过稍为逊色。吉库尤人也使用矛和盾，只是形状和马赛人的不同，不过他们的主要武器还是弓和毒箭。他们也经常带着手工磨制的双刃短剑，收在剑鞘里，用牛皮带系在腰上。吉库尤人的前牙也锉成尖形，和东非其他民族一样（马赛人例外）。他们住在由数间茅舍组成的小村落里，搭建房舍时总是尽量寻找丛林最浓密的地带。他们的牛棚盖得异常

稳固且隐秘,有一次我费尽千辛万苦、手脚并用才得以爬进其中一座茅舍,而其建筑结构所展现的功夫和灵巧,令我大为惊叹。吉库尤人与马赛人不同,他们对农作很有天分,种植了大量的"姆塔玛"(一种当地谷物,可磨制成面粉),以及甘蔗、甜薯和烟草。

恩德洛波女孩

据说吉库尤人是一支十分胆小且狡诈的民族,而且的确做了不少残忍的事。我的朋友哈司兰上尉就是让几名吉库尤人残忍杀害的。哈司兰曾和我一起在察沃工作过几个月,后来他前往吉库尤村落负责运输工作,由于他对动物感染的热带瘟疫怀有浓厚的兴趣,每当动物病死后,总习惯将尸体解剖加以研究。当时吉库尤村里的牲畜正因瘟疫而大批死亡,迷信的吉库尤人以为他就是借由这种方法对他们的牛只施咒,因此无情地杀害了他(想必是受到拥有无上权威的巫医的教唆)。然而,就我自己而言,我发现吉库尤人其实并没有外界传说的那么邪

第二十一章　马赛人和其他部落　　179

恶。在内罗毕我曾和四百名吉库尤人共事过，他们并未替我惹过什么麻烦。相反，我发现他们颇守规矩，而且非常聪明好学。

和其他非洲民族不同，吉库尤女人必须分担村里的劳役，替她们的领主或主人背负重物。她们以一条皮带绕过额头，将重物背在背上。虽然工作这么辛苦，她们有些人看来还是非常快乐。一旦克服对欧洲人的恐惧，就不介意让你替她拍几张相片。

在地球的这个角落所能碰到的其他部族中，就属卡维隆多人最有趣。他们是一群刻苦、朴素的人，以耕作为业，极端好客；或许，他们有偷窃的坏毛病，但非洲人并不认为这算得上是什么罪。他们穿得很少（套用马克·吐温的说法），但可爱的笑容和一两颗随意佩戴的珠子就已是足够的衣着；他们的举止总是那么谦逊有礼，整体而言，算得上是东非最好的部族。

吉库尤人

吉库尤人

吉库尤女人必须背负重物

第二十二章
洛山汗救了我一命

五月十二日，铁路工程营队抵达阿西河。由于有许多杂事必须处理，我们的指挥总部在此驻留了一阵子。在新营区安顿下来后不久，有一天我的朋友布洛克医生突然来访。布洛克医生和我曾在察沃共同经历了一段惊险的遭遇，那天晚上我们躲在货车车厢里躲过了一头食人狮的猛烈攻击。在那之后，布洛克一直没有机会猎获狮子，非常希望一偿夙愿。来阿西河找我后不久，他果然提议隔天一起出门打猎，同时要求我一定得让他见识当地狮子的风采。我的回答自然是很乐意；其实只要走得开，我随时都准备出门打猎，碰巧此时我们的工程正因阿西河而停滞，挪出一天的时间并不困难。我们开始为离营一天做些例行准备——为水壶装满茶，在干粮袋里放一条面包和一罐沙丁鱼罐头，仔细检查所携带的步枪和弹药，提醒同行负责拍打丛林以惊动猎物的仆役们在黎明前准备妥当。我决定第二天一大早就出发，因为我知道狮子最有可能藏身的地方距离此地尚有一段路程，如果可以的话，我想在天亮前到达那里，如此一来，当这群平原之王夜袭归来，返回河边蔓生的长草和芦苇所形成的庇护所时,我们比较有机会逮到它们。于是当天我们早早就上床了,正当我快要睡着时,我的印度仆人洛山汗突然将头探进营门,要求第二天早上能和"撒伊巴"(先生们)一同出门,以便见识真正的"西卡"(打猎)。我迷迷糊糊地答应了他,心想反正让他和我们一道去或是留他在营区里,并没多大差别。然而,由于一个抉择,一切完全改观了,如果我没让他跟着我们,这次狩猎十之八九要以悲剧收场。洛山汗是一名肤色黝黑的普什图人,年纪很轻,大约二十岁,身手矫健敏捷,个性诚实开朗,一副典型的普什图人的模样。他担任我的仆役已有一段时日,对我非常崇拜,更对我的打猎技巧深信不疑;或许这就是整个打猎过程里,他之所以寸步不离开我身旁的真正原因吧。

陪客人出猎

我们在烛光下吃完早餐,并尽量在天亮前走了数英里的路,前往阿西河的源头。天色全亮后,我们散开排成一条直线,由于布洛克医生是客人,他被安排在最方便射击的位置,洛山汗则带着整天的干粮紧跟在我身后。我们依此顺序缓慢往前跋涉了数英里,虽然经过好几簇可能隐藏猎物的芦苇和长草丛,却什么也没碰到。不过,整个过程依然非常有趣、刺激,因为我们永远不知道什么时候狮子会突然从脚边跳窜出来。搜索一处最有可能的树丛却毫无所获后,我们来到一处美丽、朝前方无尽绵延的开阔草地,这时我注意到,右手边远处有一大群野羚正在安静地嚼草。我知道布洛克也想要一头野羚，所以轻轻吹了声口哨，要他看看那群模样奇特、长得像野牛的羚羊。他随即横过草原并朝羊群走去，我则坐下来欣赏事情的进展。布洛克的潜近行动十分漂亮，在开阔的地区能做得这么好，的确很不容易，不过野羚还是很快就察觉到他的逼近，开始缓缓移动，最后在阿西平原常见的小缓坡后消失了踪影。

我仍然坐在原地等待，一直期待布洛克的枪声传来。然而，时间悄悄流逝，却听不到半点声响，正当我准备跟到他后面看看事情进展的时候，洛山汗突然兴奋地大叫："看！长官，'舍基'（野人）来了。"对于这吓人的警告，我一点也不惊讶，因为印度人将所有非洲内陆的原住民都称为"舍基"；放眼望去，我看到五名瘦瘦高高的马赛人成一列纵队朝这边走来，每个人右手里都拿着六英尺长的尖矛。他们走近时，为首的人热切地用斯瓦希里语问我："伟大的'巴瓦那'（大人）在找什么呢？"

"'辛巴'（狮子）。"我答道。

"跟我来，"他回答说，"我知道哪里有很多。"

这马上引起我的兴趣，我问他："它们离这里有多远？"

"马巴力奇多戈（没有多远）。"仍是那一成不变的答案。

我立刻四下寻找布洛克，却不见他的踪影，为了避免"很多"狮子在这时跑掉，我让那个马赛人带路，我们就先出发了。

和往常一样，所谓的"马巴力奇多戈"是一段不小的距离——这次就长达两英里。事实上，长途步行让我开始感到不耐烦，于是我开口询问那名马赛人，他讲的狮子在哪里？不过，他完全不理我,继续往前赶路,眯起眼睛锐利地往前凝视。过了不久,我再一次问他:"那些狮子在哪里?"这时他以戏剧化的动作,将长矛指向前方的树丛,说道:"看！大人,狮子!"我一看很快就发现一头母狮正从树丛后跑过,另外也看到大树下有些十分可疑的东西,但随即认定那只不过是从树干里长出的某种植物。然而,不久我就明白了,因为当我开始往树那边移动,打算阻止即将消失的母狮逃向树丛时,一声低沉、凶狠的怒吼让我往前看清一开始使我怀疑的东西。我又惊又喜地看到一头长着黑色鬃毛的巨大狮子正隐身在树干后方朝前凝视。我马上停下来盯着它瞧。虽然它离我不到七十码,但因周遭景色的关系,我很难看清它的轮廓,尤其是它的头根本动都没动,直盯着我瞧。只有当它张开大嘴怒吼时,我才能真正看清楚那是什么。我们就这样站着彼此对望了好几秒钟,接着它再度咆哮并随着母狮跑走了。我站在原来的地方,没把握能打中它,因此不顾一切地想跑到一个有利的位置,以便它经过时,有较大的机会射中它。

激战

在此之前,凡是与狮子有关的事,几乎没有什么能令我感到惊吓。然而我必须承认,当我跑到一半,看到不止四只母狮从公狮刚刚离开的树丛里跳出来时,我简直在原地吓呆了,完全无法动弹。一眨眼的工夫,三头母狮长纵数步,尾随着它们的国王消失了,而第四头母狮却定定地站在一旁凝神注视,它看的不是我，而是那些围成一团、兴奋地叽里咕噜、比手画脚的随从们。这是个大好机会，让我得以在五十码近距离内瞄准它的心窝。我立刻跪了下来，小心瞄准后开枪。那头母狮立刻消失在眼前。越过草丛望去，我看到我的子弹奏效了，它四脚朝天，往天空不断抓扒，同时发出凶恶的怒吼。在我看来，它算是已被解决了，于是我指示几个人留在后面看守它，我则继续往前追赶那头公狮。我正担心猎杀母狮所耽误的时间会让我失去它的踪影，不过很快我又看到了它，于是松了一口气。它并没有逃得很快，可能为了观察我的动静，中途还停下来数次。事实上，其他人事后告诉我（当时公狮一直在他们的视线范围内），当公狮听到母狮被击中后所发出的怒吼时，着实停顿了很久，显然在认真考虑是否要回去救它。然而，最后它还是决定明哲保身，终究没冒险回头。幸好它的步调不快，我很高兴自己很快就追上了它；不过我还必须用最快的速度再跑个两百码——在海拔超过五千英尺的高地上这么做，几乎让人喘不过气来。

当狮子感觉我越来越靠近时，它在一棵树下停了下来，矮小的树丛遮住了它大半个身体，只露出头部。它就这么站着，目不转睛，直盯着我，对于我的存在，它用低沉、威胁的哮吼来宣泄愤怒。我一点也不喜欢它那个样子，如果附近有树的话，我肯定会先爬上树，确定安全后才试着开枪。但现实是附近根本没有任何掩护，因此，在不计任何代价都想得到它的心态下，我在离它约六十码处坐了下来，举起步枪瞄准它的大头。经过一段长跑，我根本上气不接下气，手也不停发抖，我唯一能做的就是盯紧那长相狰狞的猎物，并在枪管不住晃动时告诉自己："如果第一枪不能打倒它，它肯定会像闪电般从树丛里飞扑到我身上，那么，接下来的结果会怎样，我应该明白。"这是最令人兴奋的时刻，尽管冒着极大的风险，无论如何我都不想放弃，竭尽所能地瞄准目标后，我扣动了扳机。霎时那颗毛茸茸的大头立即消失在眼前，接着从树丛里传来一连串怒吼和咆哮。我害怕极了，迫不及待地想在它还来不及冲过我俩之间的距离前解决它，因此，我揣想它倒下的位置，朝树林里连发了好几枪，不久咆哮声和骚动停止了，一切平静了下来。我确信野兽已经死了，于是命令其中一人在这里留守，自己则再度全速赶路，跳过挡在路上的石头和树丛，追捕还看得见的另一头母狮。

这时，我的随从已增加到三十人左右；只要有人在这些平原上打猎，当地原住民就会突然出现，加入打猎阵营，以便分一杯羹。我用手势命令他们在刚刚母狮逃入的灌木丛旁排成一列，我自己则在另一边就位，如此一来，当母狮从掩护所冲出时，我就能打个正着。一整排原住民高声喊着原住民语，同时舞动手上的长矛，果然很快就惊动了母狮。它冲了出来，跳到空地上，随后朝河边的芦苇丛奔去。不幸的是它冲出来的那个地点对我来说最为不利，那儿正好有些原住民挡在前面成为它的掩护，我只好等它几乎快要碰到芦苇丛时才开枪。我不确定自己是否打中了它，无论如何，它成功逃进了芦苇丛里，我决定暂且放过它，等布洛克来了再说。

意外的危机

接着我朝先前击中公狮的地方走去,理所当然地认为会看到我指派留守的人还在那里,不料却发现我的哨兵因害怕单独留下,竟擅离岗位返回人群里了,这事令我勃然大怒。他不服从命令的结果,造成我找不到那头狮子的尸体——或许该说是我以为已经死掉的狮子比较恰当。我一点也不想失去这么好的战利品,一场地毯式搜索开始了。我将丛林分成好几区,然后逐区检查。然而,整个搜索行动并不如想象中轻松;之前忙着追赶母狮,让我们远离我原先射中公狮的地点,加上许多树和它之前倒下的那棵长得一模一样,想碰巧发现正确的位置实在困难。最后有一人高兴地大喊他找到了狮子,同时尽速逃离狮子的所在地。有几个离他比较近的人(包括印度人和原住民)比较大胆又好奇心十足,他们往前走近想看看狮子。我一边赶过去,一边朝他们大喊,要他们小心不要太靠近狮子,以免狮子还没完全死亡,但他们根本不理会我的警告,我抵达现场时,狮子尾巴附近围了一群人,他们激动地比手画脚,用各自的母语叽里咕噜讲个不停,所有人既快乐又兴奋。我往前靠近,同时询问他们狮子是否死了,他们告诉我它差不多快死了,可是还有呼吸。狮子伸直了身子躺平,当我挪近看清楚它时,心中的兴奋之情简直难以形容,它确确实实是一个十分完美的标本。我站在原住民之间,对着狮子赞美了一两分钟。它仍然有规律地呼吸着,肋骨随着每次的吐纳而起伏,不过因为所有人在一码距离内围着它叽叽咕咕地喧嚷,它却僵直躺着,一动也不动,让我以为它已濒临死亡边缘,不可能再爬起来。如此认定后,我竟愚蠢地让好奇心凌驾于谨慎之上,绕到前方想看看狮子的头部。就在我来到它面前的那一刻,狮子竟突然穷凶极恶地露出狰狞的面貌。它随着一声大吼跳了起来,仿佛根本没受过伤;它的眼睛狰狞怒视,嘴巴整个往后咧开,露出我希望永远不要再见到的长牙和利齿。危急的情况就这样毫无预期地发生了,当时我离狮子只有不到三步的距离。

狮子跳起的那一刻,所有人忙不迭地逃到最近的树上,仿佛身后有魔鬼正在追赶,但只有一个人例外。当我往后倒退、两眼仍紧盯着那头暴怒的猛兽时,我差点踩到了洛山汗,他还紧跟在我身后。老天保佑,我已用枪指着狮子的头,于是我后退一步并朝它开火。点三〇三子弹的威力轰得它往后蹲伏,仿佛正准备跃起,不过它旋即跳起身来,并以迅雷不及掩耳的速度朝我冲来,我连将步枪放上肩膀的时间都没有,只能从腰际漫无目的地朝它胡乱开枪,像以前一样试着抵挡它一两秒钟。它像闪电般再度跳起,并朝着步枪口冲过来,这次我想世上再也没有人救得了我了,我几乎已进入它的扑击范围内。不料救星竟在此时出现;就在这千钧一发之际,洛山汗似乎刹那间明白了情况的危急,突然开始逃命,同时拼命惊喊、尖叫。无疑地,这个举动救了我,从眼前飞奔而过的事物让狮子将注意力从我身上移开,在原始本能的驱使下,它转而追逐那惊声尖叫的逃犯。

抢救救命恩人

洛山汗就这样误打误撞地解除了我的危难，只要时间来得及，现在该我尽一切努力来解救他了。我当下回过头来追赶正在追逐人类的狮子，将枪平举后朝它开枪，这期间的时间短得无法言喻。然而，不知是它跑得太快，还是我太急着救回我的小仆役，我这一枪完全没有打中，子弹竟在奔逃的马赛人脚踝边扬起灰尘。我迅速重新装填子弹，但此时狮子已经扑向它的猎物，看来想从它的爪子下拯救可怜的洛山汗已是无望了。就在此时，吓坏了的小伙子回头越过左肩看到猛兽向他扑来，奇迹似的往右边一闪，狮子也跟着他转向右边，正好侧面朝着我。就在洛山汗进入它的扑击范围，就在它即将对他展开致命一击时，狮子突然停了下来——肩膀上的伤让它功败垂成——如此一来，我便有时间跑向前并给了它最后一枪。深深一声怒吼后，它整个跌落在草地上，一动也不动了。

我四处找寻洛山汗，想确定他是否平安，我不确定狮子是否伤害了他。然而，眼前的景象却让我由悲转喜，大笑出声；那画面真的非常可笑，我躺在地上不停翻滚，因为不可遏抑的狂喜而捧腹大笑。在一棵多刺的树上，洛山汗正爬到一半，他一心一意拼命想爬到最顶端的树枝，根本没时间细看下面发生了什么事。他的头巾让树上的刺扯了下来，在微风中优雅地舞动着，手工精细的背心则成了另一根凸枝的装饰品；当他之前疯狂想拉开自己与狮子的距离时,白色的棉布长袍早被撕成一条条绷带。终于止住笑后,我马上叫他下来,但我的呼叫丝毫没有作用。事实上,他一直爬到树的最顶端才停了下来;即使如此,他还是不肯下来。可怜的家伙,不用想也知道,他肯定吓坏了。

我的随从纷纷从掩护处走出来,先前他们为了逃离死而复活的狮子,分别躲在树丛和灌木丛里,现在正极度兴奋地在狮子的尸体旁围成一圈。尤其是马赛人,似乎特别满意它被降服的方式。让我觉得惊讶又有趣的是他们展现的优异的模仿天分,其中三四个人当场将整场历险重新扮演了一遍。负责演狮子的那人跳起来朝他的同伴咆哮,他的同伴则模仿我马上向后跑,嘴里一边"哒、哒、哒"出声,一边弹动手指,表示正使着步枪,最后在假狮子的追赶下,另一个人全速冲向洛山汗爬上的那棵树,看到这里全场观众都哈哈大笑。戏快演完时,布洛克出现了,他是

让枪声吸引过来的。看到我那头完美的狮子竟直挺挺地躺在那里,他一脸惊讶,口中冒出的第一句话是:"你这个幸运的猎人!"当他听完整个冒险故事后,他认为我比他原先想的还要幸运。

我们的下一桩任务,就是往回寻找我一开始射中并留下的母狮。和它的伴侣一样,我们来到它身边时,它还非常有活力,于是我悄悄潜近邻近的树木,在树的掩护下,给了它最后一枪。马希纳和其他人负责留下来替两头野兽剥皮,我和布洛克两人则走进第二只母狮躲入的树丛里。我们费尽气力都没能将它赶出来,只好放弃这场追逐。之后一整天我们没再看见任何狮子。

致命的一跤

我们唯一的另一场冒险是遇到一头老犀牛,它让我心惊胆战,也让布洛克体验到前所未有的刺激。那时我们俩相距约一百码,分开走向离河不远的起伏坡地。就在我们爬上一座小丘的丘顶时,我突然撞见这头笨拙的动物,当时它正在洼地里打着滚。一看到我,马上跳起,并朝我站的地方冲过来,我并不想射杀他,于是迅速绕过小山寻找庇护。当犀牛冲到丘顶时,它闻到我同伴的味道,马上改变了方向,转而攻击他。布洛克一秒也没浪费,立即以最快的速度冲向远方的一棵树寻求掩护,我则坐下来观看这场激烈的竞赛。我知道让犀牛在后面追赶相当危险,但我对动作敏捷的布洛克很有信心,相信他一定能摆平这个危机。然而,跑到一半时,布洛克忽然转头想看看后方追他的犀牛距离有多远,不料一只脚却在这时不小心陷入地上的坑洞里。我完全吓傻了,因为他的枪居然在此时从手里掉了下来。我以为那巨大的猛兽就要扑向他了,幸好老犀牛面对眼前的变化,竟突然停下来动也不动,我猜它可能不了解发生了什么事,于是猛然朝相反方向奋力逃逸而去。此时布洛克已抽出了脚,为了活命拼命往树跑去,再也没有回头看。这真是最有趣的画面,我坐在山顶,第二次笑到肋骨发疼。

之后我们回到早上打猎的地方,发现了不起的马希纳已经帮两只狮子剥好了皮。我们带着战利品返回营区,所有人——或许洛山汗除外——全都非常满意这天的收获。在这之后,每当我想打趣这名仆役时,我就问他要不要再多见识几场"西卡"?这时他的表情就会十分严肃,郑重地摇着头向我保证:"决不,长官。"

第二十三章
另一次成功的猎狮行动

跨越阿西河的桥梁造好后,通往内罗毕的铁路路段也加紧赶工,每天天一亮我们就拼命工作,直到天黑为止。五月二十八日那天,天气异常炎热,一大早我就出门,在灼热太阳的曝晒下,指挥筑堤、挖路和桥梁建筑工程。因此,下午三点左右回到营帐时,我马上瘫倒在长折叠椅上,除了大口灌进冰凉的饮料外,累得什么都不想做。我在椅子上休息了近一个小时,愉快地听着喧闹声从刚盖好的路边小站传来,悠闲地注视小型工事车过河时一边喷气一边吱嘎乱响,吃力地爬上陡峭的斜坡。载满沉重铁轨和枕木的它能爬上斜坡的顶端吗?似乎有点危险,我兴味盎然地看着蒸汽推力、地表阻力和地心引力三者之间的相互抗衡,竟没发现一名访客走近,还悄悄站在我身旁。

意外的访客

不过,一听到熟悉的问候语,我立即转过头来,眼前站着一名瘦弱老迈的混血马赛人,身上披着一块小得不能再小的野羚皮,这块皮仅绕过他的左肩,随即在右肩处打结。他站着将右手伸出与肩膀齐平,手指伸直,手掌上翻对着我,这些动作告诉我,他的来访是善意的。向他答礼后,我问他所为何来。在回答问题前,他倏地跪下,这一跪,一身老骨头跟着喀喀作响。他回答:"我想带伟大的长官去看两只狮子,它们刚杀死一头斑马,现在正在吃它。"一听他这么说,我马上忘记我已经在赤道艳阳下辛苦工作了一整天,也忘记我早已又累又饿;事实上,所有与猎狮活动不相干的事,我全忘了。就连跪在我前面的马赛老人看到我如此兴奋,也开心地咧嘴笑了。我连珠炮似的问道:"它们是公的还是母的?""有鬃毛吗?""它们离这里有多远?"……当然,对于最后一个问题,他给我的答案还是那句:"马巴力奇多戈(没有多远)。"当然一点都不远,对于土生土长的东非人而言,没有什么是远的。总之,结局就是几分钟后,我已为骡子套好鞍绳,在马赛老人的引道下,带着可靠的马希纳及几名届时可以帮忙抬狮皮的工人出发了。我也托人带话给我的好朋友——区域工程师斯普纳——当时他正好有事离开营区,我留话告诉他我追两只狮子去了,不过应该会在天黑前回来。

我们行进的速度颇快,一小时就走了整整六英里,不过一直未见到狮子的踪影。几名坎巴人中途加入我们,他们穿得比我的马赛向导还少,而且双方很快就发生了冲突。马赛老人拒绝让这批后来的食客加入,他怕他们会将狮子没吃完的斑马肉全部抢走。不过我告诉他毋须担心,只要尽快让我看到狮子,我保证绝不让他吃亏。终于,在行经一整片长坡地并靠近其中一处

第二十三章　另一次成功的猎狮行动　195

矮树丛时,我们的向导伸出一根骨瘦如柴的手指骄傲地说道:"看!大人。"我朝他所指的方向望去,六百码外的确有一头公狮和一头母狮正忙着啃食斑马的尸体。透过望远镜,我看着一匹胡狼跟随在这对狮子身边,十分有趣。每次只要它离斑马太近,公狮就会作势攻击,将它赶跑。小小的胡狼看起来非常可笑,大狮子的尾巴还没放下,它就已一溜烟跑开,可是一等狮子折回享用大餐,它又立刻跑了回来。据当地原住民说,狮子会吃任何动物,甚至连其他狮子都吃,但就是不吃胡狼和土狼。另外我也注意到狮子取食斑马肉的方式十分有趣,它先轻轻扑向尸体,将利爪刺入皮肤后,再将生肉撕成一条条嚼食。

当我正兴味盎然地研究这幅景象时,我的随从对我不采取行动开始感到不耐烦,他们走向山坡顶端,将自己暴露在地平线上。狮子立刻看见他们,它转过身,直挺挺地站着,双眼圆瞪。这里找不到半点掩护,倾斜的角度也不对,眼见无法善用地形的起伏,我只好在空旷地面上斜斜地朝面目狰狞的双狮走去。它们让我往前接近约一百码左右,接着母狮忽然跑开,公狮则以较慢的步伐跟在它后面。它们一离开斑马尸体,我的非洲随从们马上冲上前去,为剩肉展开一场激烈的争夺战,迫使我不得不维持秩序,并留下一名工人负责监督,以确保我们的向导得到他应得的最大一份。就在此时,听到争吵声的狮子在山顶停了下来,若有所思地看着我,接着就消失在山峰尽头。我跳上骡子快马加鞭地追上去,幸好在到达峰顶时,发现它们还在视线范围内。一发现我跟了上来,母狮立刻躲入附近的长草丛里,那些草几乎完全遮掩了躺下来的它,不过公狮却继续慢慢往前走。我找到一个地点,距离母狮右侧仅两百码,而且中间隔了一座天然凹谷,若它想冲上小坡攻击我,我比较有胜算能将它击倒。我清楚地辨认出它隐身在草丛里的浅色身形,小心瞄准后立刻开枪射击。刹那间它四脚朝天,满地翻滚,显然受了重创。几秒钟后,它躺在地上一动也不动,我明白它已经死了。

新策略告捷

随即我将注意力转移到公狮身上;我攻击母狮时,它已消失在另一山顶。此时马希纳、其他印度人,以及三四名尚未满足的坎巴人也赶来了,我们于是一起出发追赶公狮。我相信它就躲在距离此地不远的某个草丛里,而且我知道,即使它只露出一小截耳朵,依赖原住民的眼力绝对找得到它。我果然并未失望,我们一爬上另一座小山的山顶,一名坎巴人立刻认出狮子深棕色的头部,当时它正探出草丛想看看我们正在做什么。我们假装没看到它,继续往前走了两百码;由于它似乎开始感到不安,即使距离尚远,我想最好还是冒险开火。我将射程设定为两百码,但子弹还未到达狮子所在之处就在附近落下,它则是动也不动。第二发子弹,我再加五十码,并把枪架在马希纳的背上,可是依旧落空,狮子仍然不动。我决定试试那天在卡皮蒂平原骑坐于死狮身上时想出来的办法,我告诉所有人,要他们带着骡子往右边移动,形成半圆将狮子围住,我自己则维持不动,躲在草丛里等待。这个计谋真是太成功了，看见其他人移动，狮子随之移动，我也就得到机会瞄准它的肩膀。我小心而平稳地锁定目标后开火，中枪的狮子不断在地上翻滚，有一两次试图爬起，不过都徒劳无功。我往前跑到距离它只剩几码的地方，虽然子弹射穿它的两个肩膀，它仍相当凶猛；它转过身来面对着我，不断狰狞咆哮。我射出的最后一枪总算让它彻底躺平，我们随刻展开剥皮作业。当我们忙得浑然忘我时，一名坎巴人的叫喊将我突然拉回现实，就在此时，两只狮子正悄悄朝我们潜近，最后来到五百码内的地方躺了下来，注视着我们剥它同胞手足的皮毛。它们毛茸茸的大头不停探出草丛，朝我们深深凝视。当时我完全不知道，第二天追捕这两头狮子时，有何等惊心动魄的艰险等着我。

我们完成剥皮手续后，天色已经快全黑了，我们于是马上启程返回约在七英里外的营区。至于母狮子，我原想等第二天再给它剥皮，可是翌日我派人去完成这项工作时，他们却找不到它的踪影，或许他们错过地点了，毕竟我确定我真的杀死了它。日落后我们整整走了两个小时，却还是走不到接近铁路的地点，最后几英里我不得不依赖星光指引方向。漆黑的夜里，走在到处是狮子和犀牛的平原上，可是一点也不有趣；我衷心期盼我和我的部属能平安返回营区。就在我开始感觉即将失去耐性，同时开始惴惴不安时，半英里外的一声枪响让我松了一口气。我马上猜到这枪声是好友斯普纳为了指引我而发射的，于是我也鸣枪回应。爬上下一座山的山顶后，我看到前方的平原闪耀着通

明的灯火。原来斯普纳发现我天黑后还没回来颇为着急,害怕我已遭遇不测,于是和营区内的几名工人沿着我下午离开的路线出来找我。他很高兴发现我不但平安无事,还带回一张狮皮当作纪念品,我同样高兴能在他的护送和陪伴下,回到尚有一英里路程的营区。那晚,当我们安顿下来享用晚餐时,我点燃斯普纳对狩猎的热情,我告诉他,有一对很美的狮子看着我们为它们的同伴剥皮。当下我们约定第二天再出门猎捕这两头狮子。每当我们比较起狮子和老虎的英勇时,斯普纳和我总有许多不伤感情的争辩。他认为有"条纹"的比较难应付,我虽然承认老虎十分勇猛,却从亲身经验得知,一旦激怒了狮子,绝对别想制止或安抚它,甚至它将成为你所遭遇过的最可怕的敌人。或许有时它会溜走或无心战斗,但只要引起它的攻击意图,或是伤害了它,结局往往不是它死就是你亡,至少,这是我与东非狮子交手的亲身体验。我想现在斯普纳一定颇能同意我的看法,第二天,一场不幸彻底扭转了他的想法。

第二十四章

巴侯塔最后的"西卡"

那晚我躺在床上很久,始终睡不着,狮群此起彼落的应和声从营区各个角落传来,让我明白我们的确处于万兽之王最常出没的核心地带。听牢笼里的狮吼是一回事,因为你知道铁栏杆外的自己绝对安全;然而,听狮子在帐篷外冲撞抓扒却完全是另一回事,因为可能只消一掌,它就能把那不牢靠的营帐扯成碎片。不过,所有的狮吼声听起来都像是隔天狩猎的好兆头。

根据前一晚的计划,我们第二天一早准时起了床,但因为有许多工作待完成,直到快中午才宣告出发。在继续述说以下的故事前,我必须先提一件事:以往斯普纳总是不愿意和我一起出门打猎,因为他相信如果我继续用"玩具枪"(他以如此轻蔑的语词称呼我的点三〇三步枪)猎捕狮子,迟早有一天会把命玩掉。这的确是我俩之间经常争论的话题,他坚信猎捕猛兽就得使用重型武器,但我总是为我习惯使用的点三〇三辩护。这一次我们各让一步,当天我接受他将多出来的十二号口径步枪借给我当作备用武器,以防我必须在近距离内开枪射击。然而亲身经验告诉我,除非新武器的操作手法和原先使用的一样,否则依赖一把借来的武器或枪支是非常危险的事；果然在这次事件里，这种情况又险些酿成大祸。

枪支和火药决定后，为了保险起见，我们特地在午餐盒中放了一些白兰地。下午我们乘着斯普纳的"东加"出发了，那是一辆由一匹马拉动的两轮马车，车顶还有个天篷。这支队伍除了斯普纳和我之外，还有斯普纳的印度挑夫巴侯塔、为我扛枪的马希纳，以及其他两名印度人，一个叫作迪恩伊玛目，负责驾驶"东加"，另一个则牵着一头备用马匹"连环炮"。或许乘坐"东加"去猎捕狮子看起来有点怪，但是想穿越如阿西平原般的广大区域，这可是最好的法子；这里的干旱地形，车轮跑起来几乎不会碰到任何阻碍。一开始，我们乘着车以极快的速度跑过平坦的原野，由于营区对肉类的需求很大，中途我们顺道猎了一头狷羚和几只瞪羚。此外，这些动物也让人忍不住技痒，因为它们全直挺挺地站着观望我们，对于这项新奇的交通工具毫无戒心。随后我们又碰到一群野羚，这次我们让机警的挑夫——斯普纳的老仆役巴侯塔——负责潜近一头落单的野羚。能得到这项殊荣，他感到非常高兴，同时表现得可圈可点。

再度与狮子交手

终于我们来到前一天我看见两头狮子的地点。那是一块覆着长草的浅平洼地，然而此时已不见狮子的踪影，于是我们继续向前，在附近寻找其他猎物。过了片刻，母狮突出于草丛外的黑色尖耳为我们揭开刺激的序幕,接下来,一头十分漂亮的公狮从它身旁站起,整个巨硕的大头和鬃毛就出现在我们眼前。它们以狐疑的眼神凝视着慢慢朝前移动的我们,接着同时转身并缓步跑开,公狮还不时停下来朝我们张望。当它转过毛茸茸的大头,倨傲地对着我们时,那模样如此壮硕而威严,就连斯普纳也不得不承认,这是他所见过的最壮观的景象。我们在后面追赶了一会儿,不久发现它们离我们越来越远,眼看就要消失在前方高地的尽头,于是赶忙跳上"东加",绕过小丘,打算截断它们的退路。途中随时可能会有撞上它们的风险,使我们在颠簸的路面上奔驰的刺激瞬间增加百倍。然而,绕到另一边后,却没看到它们的身影,我们于是继续快马加鞭地奔上山顶,发现它们就站在四百码外。看来似乎不可能再靠近它们了,我们决定从这个距离开火。发射第三枪时,母狮被我的点三〇三击倒了。起先我以为我解决了它,因为有几分钟时间,它倒在地上不停踢滚、挣扎,显然伤得很重,但最后还是站了起来,跟着毫发无伤的公狮逃入长草丛里,如此一来,将它们赶出草丛的机会就十分渺茫了。

天色已经不早,加上似乎不可能将狮子诱离它隐身其间的灌木丛,我们决定返回营区,打算第二天再出门追踪受伤的母狮。此时我骑着"连环炮"跑在"东加"前方,突然一只土狼从马脚下的草丛里跳了出来,吓得马匹直往后退。胡狼一溜烟奔窜而去,我停下马,望着土狼那丑陋的跳跃姿势,心想它是否值得开枪。忽然,我感觉到胯下的"连环炮"抖得异常厉害,我朝左后

第二十四章 巴侯塔最后的"西卡" 203

方望去，立刻明白了原因何在。看到两只大狮子就在距离不到一百码的地方，令我惊骇不已，显然这就是我昨天看到、今天特地前来寻找的那两只狮子。看来它们似乎想和我们争道，朝我缓缓走了十码后就躺了下来，目不转睛地盯着我瞧。我向斯普纳喊道："我告诉你的那两只狮子在这里！"他立即挥鞭催促，不一会儿，他和"东加"已来到我身边。

  这时我已手持点三〇三步枪跳下马，于是我们朝着蹲伏的狮子小心前进。我们约好，斯普纳对付右边，我则负责左边。平安来到距离狮子六十码的范围后，正当我们准备舒服地坐下来好好射击时，它们突然转身跑走了，吓了我们一跳。尽管如此，我还是想办法在我那只狮子爬上坡顶时开了一枪。它立起身子，对着天空挥舞利爪，那姿态看起来宛如王者般威武。有那么一瞬间，我以为它就要冲过来了，幸好它改变了主意，跟着毫发无伤的同伴走了。我立即跳上"连环炮"，在后面拼命追赶。经过半英里的辛苦颠簸，我再次赶上它们。它们发现自己逃不掉，停下来连声怒吼，随后在受伤狮子的带领下朝我扑了过来。由于我将步枪留在后头，因此唯一能做的就是转头向后跑，让"连环炮"竭尽所能地跑，同时心中暗自祈祷，希望它的脚千万别在这个时候掉到坑洞里。狮子眼见追不上我，不再追逐，再次躺了下来，受伤的那头约在另一头前方两百码处。一看它们停了下来，我也勒马停步，一边小心观察它们，一边往回挪动几步。我持续使用这一退一进的战略，和狮子保持一定距离，直到斯普纳带来了枪，才又重新发动攻击。

一开始我心里琢磨着，可能的话，最好先让那头没受伤的狮子失去行动能力，于是同样以点三〇三从三百码外射出第二发子弹，这一枪顺利击中了它。它似乎受创甚深，猛跳向天空后又重重地跌落下来。之后，我将自己的点三〇三换成斯普纳的十二号口径步枪，并将注意力转向距离比较近的狮子，期间它一动也不动，紧盯着我们的动作，显然正等待着适当的时机，只要我们一进入它的扑击范围就立即发动攻击。然而，我们并未给他机会，在斯普纳沉着地坐下并用他的点五七七将它击毙前，我们始终待在距离它九十码外的地方。那颗子弹从它的左肩斜斜切入，穿透了它的心脏。

天色已经暗沉了，如果我们想猎捕第二只狮子，一秒钟也不能浪费。于是我们继续小心潜近，同时朝右边移动，以便利用背后的余光。当然，第二只狮子也在草丛里随着我们的行动而转身，保持正面朝向我们。它看起来非常凶恶，我相信要不是第一颗子弹彻底重创了它，此时它必定如旋风般扑向我们。我很有自信地认为，我们其中一人将会在它造成任何伤害前成功制止它；然而，不幸的是这次我错了。

狮口下的巴侯塔

最后我们想办法来到距离这头狂怒猛兽八十码的范围内，我在斯普纳左前方约五码处，斯普纳的右后方跟着巴侯塔，两人之间的距离也是五码。这时狮子的愤怒已升到极点，它凶猛咆哮，狮尾击打地面，不停卷起片片尘土。该采取行动了，于是我请斯普纳开枪，自己则单膝跪下，静观其变。我并没有等很久，斯普纳的子弹一射出去，那头狮子随即跳起，笔直地朝我冲来，跨越的步伐很大，而且速度惊人。狮子距离我五十码时，我射出右枪管的子弹，但明显射偏了；当它再前进一半距离时，我又射出左枪管的子弹，却依然没能阻挡它。我知道已经没时间重新装填子弹了，于是跪着不动，眼睁睁看着它向我扑来。不料它就在扑向我时，突然转身跑向我的右边。"老天！"我心想，"它要扑向斯普纳了。"但这次我又错了，因为它像闪电般掠过斯普纳，奋力一跳咬住巴侯塔的腿，同时因为猛扑的力道太强，它和巴侯塔一同翻滚了好几码。最后它压在巴侯塔身上，并试图咬断他的喉咙，勇敢的巴侯塔无畏地抬起左手抵挡狮子的满嘴利牙。可怜的巴侯塔！原来在千钧一发之际，他移动身体，让狮子将注意力从我身上转移，并将所有的猛烈攻击引到自己身上。

当然，这一切全发生在一两秒间。就在这短短的瞬间，我突然感觉有一把枪塞进我的手里，斯普纳勇敢的仆役迪恩伊玛目一整天都扛着那管备用的十二号口径步枪，始终跟在我身边协助我。我握紧枪身，尽速赶去迎救巴侯塔。当我赶到时，早我一步的斯普纳将左手摆在狮子侧腹上，企图将狮子从巴侯塔倒下

幸运仆役迪恩伊玛目

的身体上推开，以便拿到可怜的巴侯塔仍紧握在手里的重型步枪。忙着踩蹋巴侯塔手臂的狮子完全不理会斯普纳的努力，但因为它正好面对着我，我的行动也就完全暴露在它的视线中。我一来到它的面前，它就不再啃啮那条手臂，尽管还把它叼在嘴里，但它的身体整个往后蹲伏，做出预备扑击的姿势，同时舌头一舔，露出长牙，发出凶狠的暴吼。我知道不能有丝毫迟疑，立刻将步枪架上肩膀，扣动扳机。然而，当我发现子弹出不来时，可知我有多么的失望与惊恐！"又卡住了！"我心里想，同时心脏几乎要停止跳动。我往后退了一步，以为一切都完了，因为狮子不可能给我时间，让我把弹匣拔出，重新装填子弹。我又往后退了一步，与狮子四目相对，它的眼神闪露着盛怒的凶光；才刚退出第三步，眼看狮子就要一扑而上，我突然想到，原来我在慌乱中忘了这把枪是借来的，开枪时没拉开保险（我自己的枪并没有保险）。我连忙把保险拉开，接着将子弹射进狮子的脑门，中弹后它就此倒地不起，身躯正好压在巴侯塔身上。

我们立刻把它庞大的尸体从巴侯塔身上推开，并赶忙撬开它的嘴，抽出那截它还含在嘴里、血肉模糊的手臂。这时，可怜的巴侯塔已陷入昏迷；我们朝"东加"飞奔而去，取来白兰地，十分庆幸随身带了它。大略检查伤势后，我们发现他的左臂和右腿伤得十分严重，右腿几乎就要断了。我们轻轻将他抬进"东加"（这时我们多么感谢能有它在身边），斯普纳马上载他回营区找医生救治。

回营前，我匆匆查看了那头死掉的狮子，就各方面来说，它都是一个完美的标本。看到它扑来时我所射出的其中一发致命的子弹，尤其令我满意。子弹从右眼下方射入，正好擦过大脑。不幸的是，斯普纳那天阴错阳差地将钢弹放进弹匣里，一般人八成以为这样的子弹拥有特别硬的弹头，要解决狮子应该没有问题，事实上这颗子弹只是直接穿透它的身体，却没有发挥任何效果。我的最后一颗子弹弹头虽然是软的，但它从狮子的右眼附近射入后就嵌在它的脑袋里。这时天就要黑了，于是我将两头死狮留在原地，骑马返回营区，途中很幸运，没再遇到其他凶险。顺便一提，第二天一早，我们发现两只狮子正在啃食我们最先猎到的那头狮子，不过还来不及大肆破坏就让我们赶跑了，我用这只狮子的头做了一个很漂亮的纪念品。至于咬巴侯塔的那头则丝毫未受损。

战利品展示（斯普纳、巴侯塔、作者、迪恩伊玛目）

当我回到营区，麦卡洛克医生正尽最大的努力抢救可怜的巴侯塔。记得我刚到东非时，麦卡洛克医生曾和我一同搭火车前往察沃，他还在火车上开枪射中了鸵鸟。很幸运，这时他正好在这里。他将巴侯塔的伤口巧妙缝合，并用夹板固定断掉的腿，在镇静剂的作用下，可怜的巴侯塔很快进入了梦乡。起先，我们满心希望不但能救回他的生命，更能保住他的手脚，一开始的那几天，他的复原状况也超乎预期得好。尽管如此，他的伤势还是十分严重，尤其是腿上的伤口，狮子的长牙曾啮穿筋肉，在上面留下一整排深刻的齿印；手臂也被咬得血肉模糊，不过不久就复原了。我们很惊奇地发现，老挑夫竟如此乐观地承受了所有的不幸；而听他述说等痊愈后打算如何报复狮群，更是令人愉快。然而，唉，他的"西卡"生涯终究结束了；他的脚伤急速恶化，长了坏疽，不得不自大腿一半以下全部切除。

执行切除手术的是技术高明的温斯顿·沃特斯医生，诡异的是手术台上方罩着的顶篷就是用肇事狮子的狮皮做成的。手术后，巴侯塔复原状况很好，不过当他发现自己只剩下一条腿时，似乎失去了信心，按照他的想法，现在他唯一的指望就是能进入天堂。我们尽一切所能仔细照顾他，斯普纳就像对待亲兄弟一样照料他；然而，很遗憾，他日渐虚弱，最后还是在七月十九日挥别人世。

拥有如此悲惨结局的狩猎活动，是我在旷野中最后一次与狮子交手，不久我们便离开了狩猎区，而我留在东非的剩余日子也因为有太多工作待完成，无暇再出门寻找大型猎物。

第二十五章
车厢内的狮子

离开英属东非前,有一晚我与警察局局长莱亚尔在他位于火车车厢内的巡查室共进晚餐。可怜的莱亚尔!当时我根本想不到仅仅几个月后,就在我们用餐的那个车厢里,悲惨的命运找上了他。

一头食人狮入侵一处名为基马的路边小站,并养成专吃铁路员工的惊人胃口。它是一头异常大胆的猛兽,根本不在乎抓到的是站长、信号手或转辙手。一天晚上,为了饱食一顿,它竟然爬上车站建筑物的屋顶,企图抓破屋顶的铁皮盖。当时负责拍发电报的书记官简直吓坏了,连忙发了封简短信函给交通局长:"狮子攻击车站,请立刻支援。"幸运的是,狮子"攻击车站"的行为并未成功,不过它试图强行进入时用力过猛,脚部遭铁片严重割伤,在屋顶上留下一大摊血迹。尽管如此,另一晚它还是成功攫走操作水泵的原住民,不久后,它的受害者名单里又多添了几个亡魂。有一回,一名火车司机整晚坐在一只铁制大水槽里打算猎杀它,水槽侧边特意钻了个孔,供射击用。不过事情的发展往往如此——猎人反倒成为猎物。半夜时分,狮子出现了,它将水槽推倒，试图从上方捅出的圆窄缝里拖出司机。幸好水槽很深，狮子够不着躲在槽底的司机。可想而知，那名司机吓傻了，他必须尽可能蹲低身子，根本无法行动，更别说是瞄准目标。不过，他还是开了枪，成功将狮子暂时吓跑。

想除掉这个让可怜的莱亚尔不幸英年早逝的祸源，根本是白费力气。一九〇〇年六月六日，莱亚尔坐在巡查室专用车厢里，从马金杜前往内罗毕，同行的还有他的两名友人许布纳和帕伦蒂。他们一行抵达距离蒙巴萨约二百五十英里的基马时，听说就在火车到站前不久，有人看见食人狮在车站附近出现，立刻决定当晚留下来设法射杀这头狮子。于是莱亚尔的专用车厢与整节火车脱离，拖到车站附近的支轨，那里的铁路尚未筑好，结构并不平稳，不过一旁倒是有个明显的告示牌。当天下午，他们三人曾出门寻找狮子，可是一无所获，于是回到车上享用晚餐。之后，他们一起看守了一段时间，不过唯一比较引人注意的，就是附近一直有两只明亮却静止不动的萤火虫（事件发生后，大家才知道原来这两只"萤火虫"正是食人狮的一双眼睛，它一直盯着他们，仔细观察他们的每个动作）。夜深了，但仍不见食人狮的踪影，于是莱亚尔劝他的朋友先行休息，由他负责看守。许布纳选择车厢一角位于餐桌上方的卧铺，另一个卧铺在车厢另一边，位置比较低，莱亚尔将这床位让给帕伦蒂，不过，帕伦蒂拒绝了，他说他睡地板比较舒适，于是他躺了下来，两脚朝着车厢进出的拉门，入睡了。

魂断狮口

根据推测,莱亚尔想必在看守一段颇长的时间后认定狮子当天晚上不会出现,于是躺在较矮的卧铺上开始打起瞌睡。无疑地,他一这么做,那头狡猾的狮子便开始朝这三个睡着的人悄悄潜近。为了跳上车尾的狭小平台,它必须从铁轨上大跃两步才行,不过它终究成功做到,而且没有发出半点声响。从平台进入车厢的门是一道靠轮轴推动的拉门,黄铜制滑轮使它滑动起来十分顺畅。或许门没关紧,或许它并不牢靠,总之,狮子很轻易地将爪子挤入并把门推开。不过由于车厢本身的倾斜,再加上狮子的重量全集中在一边,它的身体一进入,门就再度滑回原处,在它身后喀啦一声锁上,留下它和三名睡着的人一起关在密闭的车厢里。

它立即扑向莱亚尔,不过为了够着他,它的脚得踩在帕伦蒂身上,方才提过,当时帕伦蒂就睡在地板上。就在这时,一声惨叫惊醒了许布纳,他从躺着的卧铺往下看,惊恐地发现一头庞大的狮子将后腿踩在帕伦蒂身上,前爪则抵着可怜的莱亚尔。不消说,看到这幅景象的他简直吓死了。此时唯一的逃生方法,就是通过连着隔壁仆人室的第二道拉门,它就位于狮子进入的那道门对面,但想接近这道门,许布纳得先跳到食人狮背上,因为狮子的庞大身躯已塞满了卧铺下方的整个空间。这听起来简直不可置信,不过在如此紧张、害怕的时刻,他真的这么做了,也幸

它被留下展示几天后就被枪决了

飞羚

第二十五章 车厢内的狮子 213

好狮子忙着处理它的祭品，根本没空理会他。当他终于安全来到门边时，令他更惊慌得不知所措的是，他发现门让隔壁吓坏了的工人牢牢固定住了，狮子闯入所引起的骚动早就惊醒了工人们。许布纳拼命想打开它，用尽所有力气，终于拉开一道够大的缝，让自己的身体挤进去，他一进去，吓得直发抖的工人又马上用头巾把门缠死。不久，一声巨响传来，整个车厢突然往一旁剧烈倾斜；狮子带着不幸的莱亚尔从其中一扇窗子破窗而出。逃过一劫的帕伦蒂马上从车厢另一边的窗口跳出，飞奔至车站大楼里避难。他的逃脱简直就是奇迹，毕竟当他躺在地板上时，狮子的确就踩在他的身上。车厢毁损得十分严重，当嘴里叼着猎物的狮子从窗口跳出时，窗框全被捣成了碎片。

　　我们唯一的愿望，就是希望可怜的莱亚尔当场丧了命，没有遭受太多痛苦。第二天早晨，我们在四分之一英里外的灌木丛里找到了他的遗体，并送回内罗毕安葬。我很高兴地补充，短短几天后，必须为这次可怕的惨剧付出代价的猛兽，在一名铁路工人设计的精巧陷阱里束手就擒。它被留下展示几天后就被枪决了。

第二十六章
在内罗毕工作

虽然害死巴侯塔的狮子是我在东非努力猎捕的最后一头狮子,不过后来在铁路修筑过程中往返于铁道沿线时,我曾在不同时间看到其他几头。其中较特别的是,我记得有一次发生了非常奇异的事,那是六月二日的清早,当时我和麦卡洛克医生正一同前往内罗毕。由于几天后就要返回家园,麦卡洛克途中惋惜地向我抱怨他的运气真背,在东非的这段期间从未猎捕过狮子,甚至连狮子都没看到过。当时我们就站在火车上面对面聊着天,麦卡洛克正好背对着北边。

"我亲爱的麦克,"我说,"那是因为你不曾注意它们。"

"胡说,"他反驳道,"当我出门打猎时,这是我唯一关心的事。"

"好吧,"我回答道,"你真的那么想在回家前猎到一头狮子吗?"

"世界上除了狮子以外,再也没有我更想得到的东西了。"他强调说。

"很好,那么……"我向火车驾驶喊道,"苏尔坦,停车。"

"现在,麦克,"我继续说,同时火车很快停了下来,"正好有一个机会。你就跳下车去把那边那两头狮子抓来吧!"

他一脸惊讶地转过身,一看到两头漂亮的狮子就在两百码外忙着啃食一头显然刚遭毒手的野羚时,他简直不敢相信自己的眼睛。其实当麦克开始抱怨他的霉运时,我就看到它们了,但我一直等到我们比较接近时才告诉他,以便让他有更大的惊喜。当下他跳下火车,笔直朝那两只猛兽走去。他正要开枪时,其中一只狮子逃跑了,我朝他大喊,要他赶紧射击另外一只,以免它也逃了。留下的这只狮子将一只脚掌搭在死去的野羚身上,抬起头来看着我们,就在这时,麦克用一颗子弹贯穿它的心脏,一下子解决了它。不用说,这次成功出击简直让他乐坏了,当狮子的尸体被抬上车并倚着车厢立好后,我拍了一张他站在美丽战

我拍了一张麦卡洛克站在美丽战利品旁的照片

利品旁的照片。

扑灭瘟疫

三天后,火车工程营队来到了内罗毕,我的任务就是负责修筑新的路段。内罗毕是未来铁路局的指挥部,有许多工作得完成。这个平原寸草不生,连最近一家贩卖钉子的商店都位于三百二十七英里外,我们却要将它转变成一个繁华的铁路中心,因此,修路,造桥,建筑房舍、工厂,搭建月台、车站,架设供水站……必须完成数千数百件与铁路造镇有关的工作。然而,令人惊奇的是未来市镇的核心很快就成了形,繁荣市集如雨后春笋般蓬勃发展。不过,不久瘟疫也随之爆发,因此我通知住在当地的原住民和印度人在一小时后搬离财物,同时基于职责立刻对整个地区进行焚毁消毒。这项略显专制的措施,如我所料,让我遭受了温和的责难。不过,这样做确实有效扑灭了病毒,我留在此地的那段期间,再也没发生过任何瘟疫。

费了一番唇舌后,我找来了数百名当地土生土长的吉库尤人在内罗毕工作。经过短暂的训练后,事实证明他们是非常有用又能干的工人。他们经常告诉我,我的营地所在的那座山坡后面的"山巴"(农场、菜园)常遭大象破坏,但可惜我一直没有时间采取猎捕行动。在一次偶然的机会里,我告诉我的朋友沃特斯医生这件事,却让他遭逢了一场与大公象追逐的刺激冒险。在几名吉库尤人的带领下,他出发寻找破坏者,很快就发现凶手隐身在浓密树丛中。沃特斯是近距离射击的忠诚信奉者,他往前潜近到离大象仅有几码的距离后,才以点五七七步枪朝它的心脏射击。大象立即发动致命的反击,虽然沃特斯急忙再射出左枪管的子弹,却发挥不了任何效用。大象狂奔而来,愤怒地长鸣叫嚣。事已至此,唯一能做的就是逃命,沃特斯拼命往下跑,大象则在后面猛追,而且很快便赶了上来。几秒钟后,情势看来对猎人十分不利,那头庞然大兽眼看着就要撞上他了。就在这千钧一发之际,他一脚踏入十分隐秘难辨的捕兽陷阱里,同时如变魔术般消失了。敌人的身子忽然掉进地底的景象吓坏了大象,它急忙停下狂奔的脚步,转往丛林里逃去。很幸运的是,沃特斯完全没有跌伤,那个陷阱既未安插木桩,深度也不是很深,他很快就爬了出来,追赶那头负伤大象,并且轻松解决了它。

沃特斯轻松解决了那头公象

一八九九年年底,我启程返回英国。就在我离开的前夕,所有为我工作的吉库尤"孩子"(他们这么称呼自己)跑来找我,要求我带他们一起离开。我向他们描述英国的气候多么的湿冷,那儿离他们的家乡多么的遥远,但他们向我保证,这些对他们来讲都不算什么,他们只想继续做我的"孩子",跟在我身边。我无法想象当我抵达英国时，身边跟着四百名几乎全裸的原住民侍卫会是何种景象。然而，我很难说服他们，让他们相信留在自己的国家会比较好。忠诚不移的马希纳、我的专属仆役洛山汗、诚实的侍仆米安，以及其他几名工人，我们曾共处了一段非常长的时间，他们陪我一起来到港口，悲伤地向我道别，并在我启程回乡的前一天返回印度去了。

在维多利亚湖畔基苏木港卸货的汽船

第二十七章
发现新品种羚羊

重访察沃

去年（一九〇六）年初，我参加狩猎队重访这块我曾经工作、探险过的土地。可惜我从蒙巴萨搭乘火车抵达察沃时已是深夜时分，不过在时间允许的情况下，我依然尽可能下车进行一番巡礼。我时时刻刻都在想，不知那两头食人狮的亡魂会不会从树林里冲出来扑到我身上。我非常渴望能花一两天的时间旧地重游，我的伙伴们却迫不及待地想尽早赶往猎物较多的区域。不过，为了让他们看到皎洁月光下察沃桥的坚固和美丽，我特地将

塔纳河上的大瀑布

熟睡中的他们唤醒，但恐怕我是自作多情了。当然，我无法期待他们或其他人用我的眼光来看待这座桥；我视这座桥有如自己的孩子，经历各种压力、危险与痛苦才把它养大，但一般游客当然对这些一无所知，对他们来说，这只是个非常平凡的普通建筑。

我们在内罗毕停留了几天，此时它已是一个拥有六千人口的繁华市镇，提供一切现代娱乐和奢华品，包括一座规划良善的赛

"夕莫内"——瀑布之地（埃尔达马溪谷）

剑羚

褐马羚

马场。我们首先前往维多利亚湖和乌干达做了一趟短程旅行，之后就返回横亘在奈瓦沙省、蓝地阿尼车站以北二十英里的埃尔达马溪谷。在这里我们认真地展开大型动物狩猎活动，令人高兴的是，就各方面而言，这趟狩猎算得上是最快乐、最有趣的一次。这是一个美丽的地方，气候凉爽宜人，我们全都满载而归，捕获了犀牛、河马、水羚、沼羚、狷羚、野羚、鸵鸟、飞羚、剑羚、褐马羚等多种动物；不过这里我想特地描述一下，自己何其有幸竟能猎到一头全新品种的羚羊。

找到好帮手

这次参与狩猎的一共有五人，包括一位骑射技术与男人不相上下的小姐。一月二十二日，我们离开埃尔达马溪谷，越过莱奇匹亚高原往东展开艰辛的长途旅行。由于我们选择的路线鲜为人知，没有向导带路几乎寸步难行，因此峡谷的区域驻防官佛亚克尔先生十分热心地为我们找了一名可靠的人——一名叫作乌里阿古玛的马赛人。不过他一句斯瓦希里话都不会讲，我们于是又雇了一名翻译。这名翻译名叫蓝德阿鲁，与向导同一族，做事勤谨，个性活泼，他还带了一名亲戚，坚持一定要跟我们去，尽管这个人对我们实在帮不上什么忙，我们还是答应让他同行。

我们穿越索莱湿地，登上穆尔提洛和苏布科鲁尔提安山脉，横过许多料想不到的河川和溪流。虽然乌里阿古玛一句抱怨的话都没说，但才一上路，我就发现他深受耳疾所苦，我告诉他，要

蓝德阿鲁做事勤谨，个性活泼

他扎营后来找我，看看能否帮上忙。奇怪的是，我的治疗真的非常有效，让乌里阿古玛感激得不得了，不论我们走到哪里，他逢人就说我是一名"神医"。结果，当地原住民不论男女老少凡是有病或伤残的，全都跑来围着我们的营帐，要求我给他们一些神奇的"搭瓦"(药)。我尽可能地帮助他们，只希望自己不要误诊了才好；不过看到一些来求诊的几乎已病入膏肓，着实是件令人难过的事。

越过苏布科鲁尔提安山进入高原后,我们就在安加鲁亚河畔扎营,在那里,我们发现一个大型马赛村落,当地居民对于我们的突然到访似乎感到非常惊讶。不过,他们表现得非常友善,我们抵达后不到一个小时,他们便成群结队来营区探望我们。在翻译员蓝德阿鲁及为我持枪的朱马的陪同下,我在下午时骑马回访,他们的战士还特地为我表演了一场他们定期演练、用以锻炼脚力、柔软筋骨的体操。表演结束后,我问他们附近是否有猎物,他们告诉我村庄往北或许有;我于是立刻出发,带着蓝德阿鲁和朱马去试试运气。这是一个很完美的下午,我将村庄周围一带的矮树丛清理完毕后,透过望远镜发现远方有一群斑马及其他动物正在起伏的草原上安静地吃草。我慢慢朝它们接近,同时注意到当我移动时,一对巨羚正渐渐脱离队伍。我将它们当作目标,小心记住它们行进的方向,然后下马绕到一座小丘上,在那儿守株待兔,打算拦下它们。我的计划相当完美,那两只美丽的动物继续笔直朝我这边走来,同时一边吃着草,丝毫没有疑心。当它们进入八码内的距离时,我瞄准其中较大的那一头,准备等它一转头就扣动扳机。此时,半英里外传来同伴的步枪声,刹那间两只巨羚撒腿跑了,我决定不勉强射击,希望它们能很快停下脚步,再给我一次机会。

追捕羚羊

我愤愤抱怨同伴为何正巧在这时候开枪,同时眼睁睁看着巨羚逃向一英里外的树林,但心中仍抱着一线希望,期待它们务必在较近的地方停下来。可惜我不够幸运,它们钻进树丛后就迅速消失在我的眼前。我跳上我的马(此时蓝德阿鲁已快手快脚地将它牵来),朝巨羚消失的那处树丛奔去,但当我发现自己来到危机四伏的沼泽并不得不勒马煞住时,可以想见我的心中有多懊恼。这片沼泽乍看之下泥泞不堪,似乎无法穿越。我在四周绕来绕去,始终找不到任何看似安全的渡口,最后决定孤注一掷,冒险走上一条覆满芦苇的旧犀牛步道。我的马奋勇挣扎着强行前进,总算成功到达彼岸。接着我小心往树林一带走去,发现它大约只有一英里宽,不禁松了一口气。接近林地较远的另一端时,我跳下马,将它拴在树上,随后无声地往前爬行,希望能看到尚未跑远的巨羚;然而,眼前的大片区域里根本看不到任何猎物,着实教人失望。我试着朝另一个方向走去,朝左边小心穿过几处空地,来到不远处的小山山顶。

眼前所见的景象真叫我大吃一惊。就在三百码不到的地方,一群包括各种年龄、各式体型的巨羚,正以缓慢的步伐昂首阔步而来。队伍后方由一头壮硕的老公羚压阵。一看到这只公羚,隐身树丛后的我整颗心因兴奋而鼓动不已。接下来该做的就是拟定攻击计划,而且得尽快想好,因为风几乎是从我这边往羚羊群的方向吹,如果我不赶快离开,不消片刻它们就会闻到我的味道。我迅速记住它们移动的方向,如果一切顺利,我猜它们肯定会通过前方一英里外的小山丘,只要我够机警,应该可以绕过树林、爬上小丘,如此一来,在羚羊群通过前,我就已经找到一

坐在厨子的大箱子上渡溪

渡过安加鲁亚河

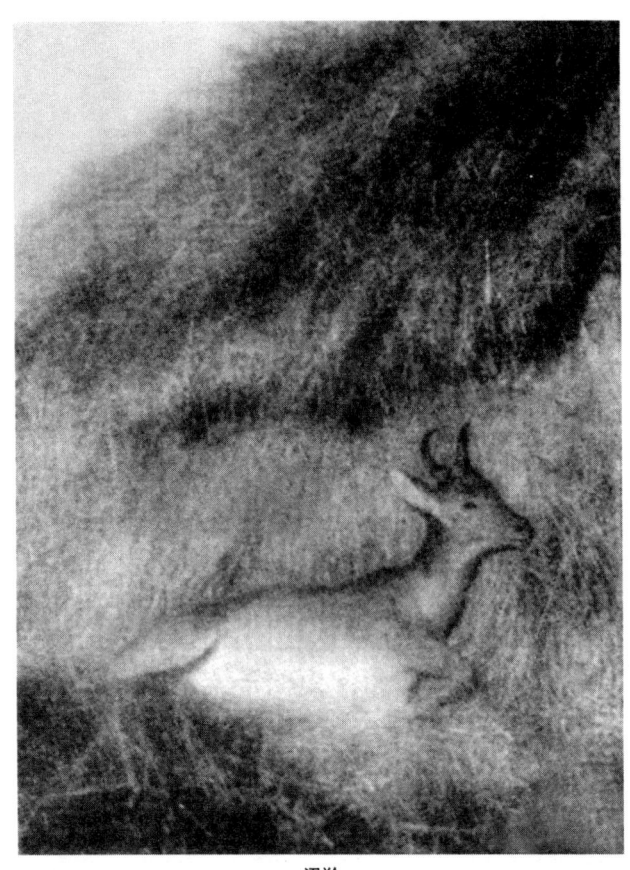

沼羚

个既背风又隐秘的好位置了。于是，我爬离树林打算回头找马，却高兴地发现百折不挠的蓝德阿鲁就站在那里，他不知用什么方法跟上了我，发现了我系在树上的马，并将它带来给我。他咧嘴露出开朗的笑容，将缰绳抛到我手里，我立刻上马奔驰而去。

很快我就发现，我必须走得比预期中还远，为了避开羚羊群的耳目,我不得不绕了个大圈。不过途中我曾停下一两次,从树缝里窥探,发现一切都很顺利,它们依然朝着原来的方向安静前进。最后四分之一英里时,我必须通过空地,不过我发现只要将身体平趴在马背上,我就可以借着地面垄起的地方将自己完全隐藏起来。就这样,我神不知鬼不觉地来到小丘的背风处。我跳下马,将缰绳套在树桩上,然后以最快的速度偷偷爬向山顶。我非常疑惑,不知自己是否能及时赶到,但摘下帽子从山顶往下凝望时,我欣喜若狂,整队巨羚正好在我的脚下。不到二十码外的一头巨羚立即看见了我,它站得直挺挺的,一脸惊讶地瞪视着我。不过,由于它是一头母羚,我不再注意它,反而四处张望我的大公羚是否就在附近。没错,它在那里;它已通过我守候的地方,不过尚在四十码外,继续以我第一次看到它时的那种优雅步伐走着。接下来,它发现羚羊群因我的出现而引起的骚动,于是停下脚步,略微转动头部,想看看到底发生了什么事。这给了我大好机会,我瞄准它的肩膀后侧开枪。它那看起来十分笨重的跳跃和踢腿动作告诉我它受了重伤,在它抵达邻近庇护的灌木丛并消失踪影前,我又用我的点三〇三发射了两颗子弹,此时蹄声杂沓,羚羊群四散溃逃,在尘土飞扬下顿时消失无踪。

留在林中的巨羚

我深信要找到负伤的巨羚不是什么难事,所以蓝德阿鲁一跟上来——他几乎紧随我身后,他有一双神奇的飞毛腿——我们马上在灌木丛里大略地搜索。天色越来越暗,我们并没找到我的猎物,于是我决定先返回好几英里外的营区,等第二天天亮再重新搜寻。看来我们离家远比我想象中的远,我们还走不到四分之一的路程,黑夜就已来袭。幸好优秀的蓝德阿鲁找到了一个好渡口横越沼泽,我们才能快速前进,无需浪费时间克服障碍。大约经过一个多小时的艰辛跋涉,我们兴奋地看到一枚火炮在前方升起,这是我的朋友为了指引我们而发射的。当一个人远离营区,在无边黑暗中艰苦独行,同时不太确定自己的方向是否正确时,看到这样的景象最能振奋人心;对在野地旅行的旅人而言,火炮更是他们必须携带的基本配备。我们接近营区前,又有好几枚火炮点燃,我告诉蓝德阿鲁,为了追那头巨羚,我们肯定走了很远。"很远?"他回答道,"大人,我们都走到巴林戈湖了!"事实上,这座湖远在五十英里外呢。最后我们终于回到营区,当我提到那天下午的冒险以及所看到的神奇景象时,挑起了大伙儿的狩猎热情,当下我们就决定要在这里多留一两天,希望能捕获好猎物。

汤姆森瞪羚

第二天天一亮,我马上派出一队脚夫,详尽指示他们到哪里寻找我的巨羚,我确定它就躺在灌木丛的某处,距离我开枪射击它的小丘不远;随后不久,我们自己也动身了。走了几小时后,我们很幸运地看到一小部分巨羚群,于是下了马,小心穿过长草朝它们潜近。突然五十码外的一只巨羚毫无预警地露出它的头,我的一名同伴马上拿枪对着它,不过从我的方向看得比较清楚,我发现那是一头瘦弱的巨羚后,向他高喊不要开枪。我的警告太慢了,他已扣动扳机。其实这一枪也很难射中,因为巨羚的身体隐藏在草丛下,不容易看清楚;总之,那头巨羚马上消失了踪影,我们跟上去,却再也找不到它了。我们继续赶路,之后在树荫下稍作休息后又重新出发,走了大约三英里后,一名脚夫突然想起他把水壶忘在刚才休息的大树下,于是我们让他去取回水壶,同时一再告诫他快去快回,尽速归队。奇怪的是,这无意发生的小插曲似乎是冥冥中注定好的;当这名叫作沙巴齐的脚夫找到水壶后,发现已找不到我们,只好先回营区。就在他返营的途中,竟遭前天我射倒的巨羚的尸体绊倒,而我早上派出去的那群人却一直找不到它。当时他们仍旧在附近,于是沙巴齐呐声高喊,呼叫他们过来,大伙立刻着手剥了那动物的毛皮,将头切下后运回营区。

失而复得

当然,那时我们一点也不知道有这回事,仍在继续寻找猎物。正午刚过,我们吃了简便的午餐,此时我们的向导乌里阿古玛和蓝德阿鲁在颓倒的树干里发现了一个蜂窝,于是两人开始想办法掏取马赛人最喜欢吃的蜂蜜。对于他们的侵犯,蜜蜂自然异常生气,不久这两名半裸的小伙子就在愤怒蜜蜂的猛烈追击下,飞奔过我们面前。我对着蓝德阿鲁开怀大笑,并打趣说他堂堂一个马赛勇士竟让蜜蜂追着跑!这个快乐的家伙倒是很能自我解嘲,他说只要有一件和我一样的夹克,马上能把蜂蜜拿来。我立刻把我的夹克给了他,这件夹克很短,加上他原本没穿什么衣服,令他穿上夹克后的模样实在逗趣。然而,检查蜂窝后,发现蜂蜜早让蜜蜂吃光了,拍了几张向导与蜜蜂奋战的照片后,我们启程回家。整日一无所获的我们,在黄昏时抵达营区。

我们遇到了沙巴齐,他非常兴奋,开始以蹩脚的斯瓦希里语向我们解释他如何撞上那头巨羚的尸体。我误解了他的意思,向我的朋友说沙巴齐找到了那头他早上猎到的巨羚,并打从心里替他的好运感到高兴。不过,看过猎物后,我们感到不解,显然它比我朋友射到的那头大多了;一直到很晚时,我见到蹲伏在营火旁的蓝德阿鲁,谜底才揭晓。蓝德阿鲁向我道喜,说前天我们大老远跑到巴林戈湖总算没有白费。我问他这句话是什么意思,他告诉我那头羚羊找到了,并理所当然地以为我知道它是属于我的。我赶忙找来沙巴齐,经过一番折腾,终于了解他是如何在我指明的小丘附近找到巨羚尸体的,当时我派出去的人也在一旁寻找它的踪影。我慢慢为我的朋友解释真相,他们明白我才是巨羚的真正主人后,转而恭喜我的幸运。

重要发现

直到很久后,我才知道自己究竟有多幸运;不过,即使在当

新品种巨羚——帕特森非洲剑羚(罗兰·沃德摄)

时,在我小心检视巨羚的头和毛色后,我也发现它与以往我所见过的其他巨羚大不相同。例如,它的前额没有鬃毛,两只眼睛的下眼角有一道与巨羚相似的不完整白色条纹,只是这道条纹比巨羚的小。它的前额两端略呈红色,脸部下方有一块较一般巨羚来得大的棕色色块。它身上的斑纹很浅,主要明显的标记就是胸前的三道条纹。当我在四月回到英国后,将它送到罗兰·沃德处,大英博物馆的R.莱德克在那里看见了它,随后这位知名博物学家写信告诉我,这头羚羊对动物学十分具有研究价值,因为它证明了迄今尚未发现的新品种的存在。莱德克先生也在一九〇六年九月二十九日的《原野报》上发表了他对这只动物的报告:

> 由J.H.帕特森中校在葡属东非①猎获、罗兰·沃德先生负责制成标本的羚羊,近来备受瞩目。就其毛色及某些特征来看,显示了原种南非羚进化为加札尔河暨西非巨羚(*Taurotragus derbianus*)的过程。就原种南非巨羚的条纹变种而言,成熟公羚脸部的中线清一色呈黑色或深棕色,额前有一撮长鬃毛,下眼角则无延伸的白纹。苏丹尼种巨羚(*T. derbianus gigas*),若依罗思柴尔德先生于一九〇五年所著的《动物学》(*Novitates Zoologicae*)一书中所述,脸部上方有红色鬃毛,但较原种巨羚的短,两眼下眼角各有一道

---

① 应是英属东非才对。——原注

白线往内及往下延伸，令人想起扭角条纹羚眼部的 V 形纹，只不过这两道线并未在中间相接。

虽然帕特森中校的巨羚——它将被命名为帕特森非洲剑羚（*T.oryx pattersonianus*）——身上的纹饰比巨羚身上的小，但它脸上就有这么一条不完整的 V 形纹，而脸的中线只是一条细纹夹在上方两眼之间，颜色呈深褐色，前额两端则是微红色。它的脸下方有一块深棕色区域，面积较原种巨羚大得多，此外，在鼻孔上方有淡黄褐色块。后两点说明了帕特森中校的巨羚与巨羚甚有渊源，尽管它缺少巨羚颈部特有的环形白纹。如果帕特森中校前往狩猎的葡属东非当地的巨羚都有这些特征的话，那么就像不同种的长颈鹿和斑驴一样，巨羚很可能也是源于同一个相同品种。不过，即使这头羚羊只是个特例（我个人不这么认为），那也足以证明南、北巨羚的关系比我们至今认为的还要近。

就这样，我的巨羚被证实具有不凡的科学价值，再加上大英博物馆当局表达出亟欲收藏的意愿，我很乐意将它的头捐给经纪人，让所有猎人及博物学家能有机会一睹它的真貌，如今，它就收藏在南肯辛顿的自然历史博物馆中。

附录一
十九世纪初的东非萨伐旅

考虑以游猎方式造访英属东非的猎人们，也许会乐于得到以下这些有趣且重要的建议。

能满足一切需求的枪弹应包括：一把点四五〇的高速猎枪、一把点三〇三的狩猎用步枪，以及一把十二号口径的猎枪；此外，为供应三个月的狩猎之旅，我应该还会考虑配置两百五十发点四五〇高速猎枪的子弹（五十发硬式及两百发软式）、三百发点三〇三步枪的子弹（一百发硬式及两百发软式），以及五百发六号及八号的十二号口径猎枪子弹。根据经验，以皮制子弹带将每种子弹各装五十发随身携带，是相当实用的方法。

几百支各式信号弹当然是必备的，天黑后，无论发送信号至营区或从营区发送出信号，它们都非常实用。它们可以用十二号口径的猎枪或短手枪点燃，其中一部分应交由营区的"尼欧帕拉"（领队）保管，以备不时之需。

这些步枪、子弹及信号弹，至少在狩猎者预计出发日的一个月前装在锡制箱子里由伦敦寄出，并由一家位于蒙巴萨的代理商代收。蒙巴萨的海关会索取所有进口货品总价百分之十的关

独木舟航行于维多利亚湖,靠近里彭瀑布

肯尼亚地区景色

税,因此务必记得填写进口货单并妥善保存,以便将来查验。

狩猎者的装备应包括一顶材质良好的遮阳帽、几件卡其布料的衣服、几双皮制长统无带松紧鞋或几副绑腿、保护双手免于日晒的软皮手套,以及两双麻制鞋底的靴子;挪威式长靴也是很好的选择。如果狩猎场所是丘陵高地,一般在英国穿着的贴身衣裤就已足够;在内陆地区寒凉的傍晚时分,一件保暖的好外套相当重要,而一件轻便雨衣,对于潮湿的气候来说也是必备的。在崎岖多石或荆棘密布的地区,一套护膝和护肘的重要性是难以衡量的,至于那些在意阳光的人们,应为自己配置防晒贴身伞,这是所有装备中最实用的,因为尽管当地气候可能相当凉爽,但正午时的阳光对人体依然具有极大的杀伤力。当然,一只齐备的医药箱也是不可或缺的。

一支效果良好的小型双筒望远镜、一两把狩猎及剥皮用刀、一部柯达相机及两百卷左右的底片也是必带物品。最后,我想向打算在旅途中拍摄照片的人强力推荐的是——抵达内罗毕时,请去拜访W.D.杨先生。杨是一位热心的摄影师,他绝对乐意提供意见,例如拍摄时的感光度及曝光时间,这两点是摄影时最需特别留意的,有丰富经验的当地老手所提供的建议,绝对会有莫大的帮助。我自己对于杨先生的热心充满感激,如果没有他的建议,相信我所拍摄的照片不会这么成功。在最后一次造访该地区时,只要经过邮局,我总会寄给他一些已感光的底片请他冲洗,我也建议别人这么做,因为在搭船返家途中,底片很容易变质。事实上,我于一八九八年至一八九九年间所拍摄的照片里,有将近四百张便是这样损坏的。

至于营帐的装备,你需要从英国带来的是:一个小型双门帘帐篷、三条纯羊毛毯、一个折叠式浴盆、一只沃赛里手提旅行箱,以及一个好的滤水器;其实有些甚至在当地就可以买到品质很好的。食物和其他露营必备工具,应该都可以在蒙巴萨或内罗毕买到,这两个地区的代理商也会贩售一些必要物品。从英国启程前的一个月,务必写一封信给这些代理商,告知你的抵达日期及抵达的港口,如此一来,狩猎者在抵达时就能一切就绪并立刻展开行程。

除非金钱无虞,否则我不建议为了在蒙巴萨旅行而预先雇用挑夫,因为在内罗毕同样也可以找到优秀的人,如此一来,可以省下回程每人二十卢比火车票的费用。另外请记得,就搬运行李而言,人力绝对比驴子合适,因为驴子行动特别缓慢,麻烦又多,行经崎岖道路或穿越河流时,所有的重物还得解开并逐一搬运,然后再重新装载在它们的背上。每支狩猎队伍均会依情况而调整成员,但一般而言,与一位狩猎者(如果他打算前往距离铁道很远的地方)同行的成员通常包括:

一位领队:一个月五十卢比[①]。

一位厨师:一个月三十五卢比。

一位扛枪夫:一个月二十卢比。

一位仆役(个人随从):一个月二十卢比。

[①] 在英属东非,卢比与英镑的汇率约为十五卢比对一英镑。——原注

二位"阿斯卡力斯"（武装脚夫）：每人一个月十二卢比。

三十位挑夫：每人一个月十卢比。

这些挑夫都有登记注册，当地政府会索取一些注册费；而根据海关的规定，旅程开始前，必须先预付全部旅程的一半工资给这些人。除工资外，狩猎者还必须提供每位挑夫一件紧身套头衫、一件毛毯以及一只水壶，扛枪夫及仆役还需另外提供一双靴子。此外，每五个人便须准备一座棉质帐篷和一只煮食用的锅子。

游猎队伍的食物主要是米饭，领队每天所获得的分量大约是两个"基巴巴斯"（一个基巴巴斯大约相当于一又二分之一磅），厨师、扛枪夫、仆役和武装脚夫则是一又二分之一个基巴巴斯，至于一般挑夫每天所获得的分量则是一个基巴巴斯。

不论是在行进中或是在营地，领队都有责任维持游猎途中的纪律、查看行李装载运送时的分配与安全性、扎营的坚固程度，以及挑夫们的日常饮食等等。他通常在队伍后面压阵，狩猎者能否拥有舒适的旅程，绝大部分取决于他的表现。例如一九〇六年初的那趟旅行，我们因为雇用了一位优秀的领队，整个行程中挑夫们不曾出过纰漏。他唯一的缺点就是不会说英语，不过在离开我们之前，他曾告诉我他要去学英文。如果有人找他当领队，那真是好运气；他的名字是穆亚契·宾·德瓦尼，在蒙巴萨你很容易就能找到他。

在旅队中，厨师是很重要的成员，因此应尽可能找到一位好厨师。扎营后，一位经验老到的当地厨师可以在几分钟内将一

在营区准备早餐

餐准备就绪,那是一件很棒的事。

至于扛枪夫,大多数猎人比较喜欢雇用索马里人。我从没试过,但有人告诉我,他们比较容易滋生事端,且自视甚高,要求的薪资相当于一名优秀斯瓦希里人的四倍之多。

在营地里,武装脚夫的责任就是看守营火、守夜,以及负责扎好"巴瓦那"(长官)的营帐。旅队行进中,其中一位武装脚夫要在前头带领队伍,其他的则在后面压阵;他们须在行李发生问题或意外时给予协助、查看是否有人开溜、防止有人脱队,并在平时尽力保护整支队伍。他们每人均配备一把旧式斯奈德步枪以及十发球形弹药,对他们的友伴来说,当他们把手中的武器对准朋友的脑袋准备开火时,他们可是十分危险的人物。

一般挑夫日复一日默默挑着身上重达六十磅的行李,即使连吃饭时亦是如此。然而,一旦你克扣或限制他们的粮食,他们立刻会成为阴沉的反叛者。除了背负重物外,他们也需扎营、捡拾柴火、取水,如果打算在同一个地点停留一天以上,他们还要负责搭建茅舍。大体而言,斯瓦希里挑夫是全世界最体贴、最有工作热忱的随从,我对他们只有满心的赞美。

狩猎者也可能只想将狩猎旅程局限于铁道邻近地区,在这种情况下,最好的计划就是从乌干达铁路局交通管理处租用一

金贾港

辆特殊客车。这种特殊的载客火车有很好的寝具、厨具及卫浴设备,它几乎可与所有类型的火车连结,并在车站之间移动,或者是留在狩猎者所在位置的铁路支线附近。以在同一个地区待上一小段时间而言,这是最经济也最舒适的方法,因为你无需准备帐篷、露营装备,也不必雇用负责一般事务的挑夫,同时还能拥有很好的休闲。

另外,如果狩猎者打算游猎,那么在肯尼亚地区,依规定许多挑夫可能都要从官方的易货大楼雇用。在这种情形下,吉库尤挑夫的酬劳一天只需二安那[①],而且他们自己负责食物;此外,如果他们没有自备毛毯、紧身套头衫或水壶,雇主也无需提供。事实上,就挑夫而言,每个地区因本身的特殊情况发展出一套管理方式,到了该地区你就很容易了解了。

驶往蒙巴萨的汽船航线很多,其中"德属东非船运公司"的航线是从马赛或那不勒斯出发的;如果从马赛出发,航行时间约为十八天。一个人的费用(头等舱)是四十二英镑,来回票价是一般单程票价的两倍再打九折。来自马赛的"法国邮船公司"船班,其航行时间为七天;从伦敦出发的头等舱票价是四十五英镑,来回票票价是六十七英镑,有效期限两年。"英属东非航运"的航线由伦敦出发,航行时间大约一个月。由于航线的关系,其航行时间较长,不过票价相对便宜很多,头等舱才二十英镑;没有时间压力的人,也许可以沿着航线享受造访各个不同港口的

---

① 安那,旧时印度、巴基斯坦及缅甸的货币单位,等于一卢比的十六分之一。

乐趣。

在蒙巴萨或内罗毕都可找到设备十分优良的饭店。

狩猎之前必须先取得狩猎证（申请费为五十英镑），在这两个地区之一取得应不成问题。依照狩猎证的规定，狩猎者在离开该猎区之前必须汇报当地机关，如果拿的是特别狩猎证，除了可以猎捕一般狩猎证允许猎捕的动物之外，还可外加一头公长颈鹿。这一项特殊许可须支付五英镑，而且必须事先支付，不论事后能否猎捕到长颈鹿都不退还。当然，这五英镑是额外加在一般狩猎证的五十镑之外。

在伦敦的斯坦福旅行书店可以找到这个地区的详尽地图，至于狩猎规则及法令条款，则可从唐宁街的殖民办事处取得。

载客火车每周一、周三及周五早上十一点整离开蒙巴萨，次日早上十一点十五分抵达内罗毕，第三日早上九点抵达基苏木（这条铁道的终点就在维多利亚湖）。从蒙巴萨到内罗毕、基苏木及恩德培的头等舱来回票票价依次是九十二卢比、一百六十四又四分之一卢比，以及二百十三又二分之一卢比。

在当地，狩猎者无需逐区辨识每个行政区的所属范围，只要从每只猎物的外表就可以轻易知道自己所在的区域，而且，抵达蒙巴萨时便可取得猎物动向的最新情报。事实上，这整个地区猎物丰富，聪明猎人的狩猎机会和战利品更无缺乏之虞。猎物的头和外皮必须小心晒干，同时收藏在放满除虫剂的锡箱内以便载运回国。如果狩猎者无法妥善处理自己的战利品，我建议送往伦敦皮卡迪利大街上的罗兰·沃德处。过去这几年我都是

搭乘人力车飞快前往坎帕拉

身着棉质长褂衫的巴干达人

附录一 十九世纪初的东非萨伐旅　245

请他们帮我处理我的战利品,他们的服务始终完美无缺。

前往东非狩猎三个月,加上来回交通工具的一切旅程开销,我想四百英镑应足够了。当然,节俭的狩猎者所花费的开销会更少些,奢侈的人相对会增加很多。

如果时间许可,前往维多利亚湖应是不可或缺的行程。搭乘舒适的轨道汽船绕湖行驶,大约需要八天的航行时间,但若通过乌干达的实际首都恩德培①,则只需十七个小时,不过由于夜晚船只会停泊在岛上的避风处避风,因此通常会花上二十七个小时。汽船在恩德培停留的时间够长,精力旺盛的旅客可以雇用人力车,飞快造访位于二十一英里外的坎帕拉。去年我就是这样度过了最有趣的一天,并且在门戈和乌干达的小国王多帝·乔畅谈。当时他大约九岁,十分聪颖而有智慧。他并没有拒绝让我为他拍照,只是那张照片失败了,实在令人遗憾。

发现巴干达人(即乌干达人)的高度文明是一件很新奇的事。他们大部分都是基督教徒,和周围近乎赤裸的野蛮民族完全不同;此外,身穿棉布裰衫的他们,在坎帕拉市集里躲在褴褛的破伞下忙着交易该地区的作物,也是十分有趣的景象。不幸,湖岸周围的陆地潜伏着一个很大的灾祸,那就是昏睡症②,此病在过去几年已经夺走了数千名当地原住民的生命,同时也让这

---

① 乌干达以坎帕拉为首都,十九世纪末英国宣布乌干达为其"保护国",恩德培成为英殖民者统治中心,故有此说。
② 昏睡症,又称睡眠症,为热带流行病,因虫咬而导致患者头痛、昏睡不醒,常延续数年以致死亡。

激流滔滔的里彭瀑布

浩浩大河向北绵延奔流的迷人风光

座原本居民稠密的岛屿人口逐渐减少。这种疾病的媒介是飞沫传染,所幸它只在几个特定地区出现,旅行者只要避开这些地区(例如一直待在英国),就不会有感染之虞。

从恩德培返回的路程里,通常会造访维多利亚湖北方的金贾港。这个港口最有趣之处,就是它位于维多利亚湖汇入里彭瀑布、宽度只有几百码的狭长区段,此地正是源远流长的尼罗河的源头。这条浩浩大河往北绵延奔流的壮丽景观真是引人入胜,我们也因此可以想象,当斯皮克①熬过种种艰难,最后终于找到它并解决了祖先们的大问题时,其心情是多么兴奋了。

---

① 约翰·汉宁·斯皮克(1827—1864),英国探险家,第一位发现东非维多利亚湖的欧洲人,并断定该湖是尼罗河的源头。

附录二
工人献诗

本书第九章中那首以印度斯坦语写成的诗,其译文如下:

以大慈大悲的阿拉之名:
首先,且让我赞扬并歌颂伟大而神秘的神,
他从无失误,他没有形体,无需呼吸,他就是生命。
他没有亲人,无父无子,他独一无二,充满慈爱。
他知晓一切已知或未知之事,无需开口,便能以宏伟的语调来言传。
我,洛山,来到非洲此地,真切地感到这块土地是如此不同;
它岩石遍布,山脉绵延,茂密森林里充满着狮豹,
还有水牛、狼、鹿、犀牛、大象、骆驼、人类的各种敌人;
猩猩、会攻击人类的凶猛猿猴、大狒狒、精灵、数千种飞禽;
野马、野狗、邪恶的蛇,以及一切猎人渴望捕获的动物。
这片森林是如此深邃可怕,即使是最勇敢的战士,也会

因为它那恐怖的幽深而畏缩。

如今,始于蒙巴萨城的铁道即将延伸至乌干达;

然而,铁道经过的森林边缘,人们发现两头被称为"食人魔"的狮子,森林里更遍布着荆棘及尖锐的灌木丛。

尽管如此,从蒙巴萨通往乌干达的铁道仍需继续兴建,于是狮子逮到了机会,开始攻击并残杀工人。

它们积久成习,日夜出击,数百人成为这两只猛兽的祭品;它们的下颚沾满了鲜血,

人骨、肌肉、皮肤和鲜血一律吞入腹中,未曾留下任何线索。

基于对这两只恶魔的恐惧,七八百名工人遁逃,其他留下的人也因而停工;

这选择留下的两三百名工人整日提心吊胆,

因为担心生命安全,成天待在自己的小屋里,心中充满不祥的预兆和恐惧。

他们夜夜燃着营火,不敢合眼安睡;但依然有人遭狮子拖走,步上死亡之途。

狮吼声撼动了地面,试问有谁不因而感到害怕?

哭号与哀泣声此起彼落,人们只能坐着像鹤般悲唳,悲诉狮子的恶行。

我洛山虽是众人之首,也同样只能抱怨,并向全能的神、先知、我们的心灵导师祈祷。

以下,我即将述说负责修筑这段铁路的工程师的故事。

为了汲取羊奶,他养了一二十只山羊;

某天晚上,一只野兽来袭,将这些山羊赶尽杀绝,无一幸免。

隔天一早,一名守夜者报告了事情的经过,也道出这只食人狮的恶行,它每天残杀苦力和工人,造成严重伤亡;

他们带工程师去看这动物留下的足迹。

看了食人狮留下的混乱现场后,工程师说:

"这只狮子应该为它所造成的伤害付出代价,以死偿命。"

夜晚来临,他带着枪,果真消灭了那头野兽。

帕特森大人的确是一名勇士,宛如古波斯神话中的英雄卢斯坦、扎尔、索赫拉布及贝尔佐尔;

他是如此英勇,即使最勇敢的战士,一旦面临相同处境也会大惊失色;

他的身材高大,年轻的他拥有最勇敢的心志与最坚强的力量。

铁路的另一边传来了喧嚷与哭泣声,他们控诉这些凶残的猛兽再度吞噬、残杀人类。

狮子这种吃人的习惯源自远古时期,无数人类成为它们残暴天性的牺牲品,

许多骄矜夸大者,也徒然牺牲了性命。

然而,今天,帕特森大人将以一己之力猎杀狮子!

当人们大声控诉时,这位勇士带着他的枪,朝森林勇敢迈进。

夜晚当人们都返回营帐就寝后不久,这只毫无所惧的狮子随即出现;

帕特森大人在他的枪管里填满子弹前去追捕。

他准确地向狮子开了好几枪,并将这只动物完全制服。

当子弹直入狮子心脏时,它发出雷声般的咆哮。

这位最勇敢的英国人帕特森,的确具有勇者的本质;

狮子不怕自己的同类,但帕特森大人的一瞥,却使最有胆量的一只狮子胆怯退缩。

它逃向森林,子弹在它身后紧追不舍;

这只食人狮终于无助地投降;它躺了下来,满心绝望。

在走了一个测链①的距离后,这头凶猛的野兽倒在地上,成为一具尸体。

此时,众人手持火把,争相探看那已死的敌人。

但大人说:"退回去,孩子们;现在夜色黑暗,不要冒险。"

次日早晨,所有人都看到那只倒卧在地上的死狮。

这时大人说:"今天不是工作日——今天放假,好好享受、快乐一下。"

于是,众人因为这只狮子放了一天假,并和那些离开许

---

① 测链,长度单位,相当于六十六英尺。

久的朋友度过愉快的一天；

之前逃走的人们获得了原谅，并得到应得的酬劳——

多么有雅量的行为啊，足可与全能的神在审判日宽恕罪人相提并论。

噢！诗人，放弃这样的比喻吧，这对你而言太过深奥了；

人间总有魔鬼，宛如那只凶猛的狮子，永远追逐着我们；

噢！洛山，愿神、先知或我们的心灵导师日夜守护着你！

然而，尚有一只狮子幸存，人们仍然恐惧害怕；

十六天过去了，一切平安无事，人人沉浸在心灵的平静之中；

但到了第十七天，狮子再度出现，并从日出逗留到日落。

它在附近不断咆哮，仿佛军队正在侦察敌情一般。

隔天大人下令要大家留心安全；

他说："从下午到隔天早上都不要外出。"

那天正逢伊斯兰教的纪念日"吉庆夜"①，

入夜后，当所有人回营就寝时，狂暴的狮子步步接近，

帕特森大人正走向原野找寻它的踪影。

他一看见这只野兽立刻开火，一枪又一枪。

---

① 吉庆夜，伊斯兰教阴历的九月二十六日至二十七日那一夜，纪念穆罕默德第一次受启示接触《古兰经》。许多穆斯林会在这一晚彻夜不眠地祈祷，因为他们相信这一晚向真主所作的祈求都会蒙应允。

狮子大吼一声，拼命逃跑，然而子弹还是在它的心脏找到了停留之处。

当意外的狮吼在耳边响起时，夜里难以入眠的每个人开始喧嚷尖叫，又惊又惧。

睡意完全消失，取而代之的是满心的惶恐：

这时传来大人果断的命令：所有人都不许外出或四处闲晃。

天亮后我们循着狮子受伤所留下的血迹沿路寻找，

在大约五或七个测链后，我们发现狮子的身影，受伤的它正痛苦地躺着。

大人一看到它便连发数枪；

但这只凶猛的野兽看到大人后，在愤怒及痛苦的刺

吉库尤战士

激下,

纵身朝大人一跃而来；

但是却正好和从容装好子弹的大人正面相对,他一次又一次开火,终于杀了这头野兽。

所有的工人全聚在一起,大家一致推崇大人是个体贴又懂得照顾别人的人,才会为了保护我们而在森林中四处寻找狮子身影。

之前曾有许多英国人来到此地,但都无功而返,因为狮子是如此凶猛残暴,令这些大人们心生胆怯；但为了我们的生命,帕特森大人承担了所有危险,在森林中卖命。

他为了保护我们的安全而历经艰险,因此众人发动集资,想向大人表示心意。

噢！所有人都来到大人的面前说："你是我们的恩人。"

然而大人婉谢了这份谢礼,丝毫不认为自己有何伟大之处。

于是工人们再度聚集讨论,对于大人的付出,什么样的礼物才是最合适的回报。

最后众人同意将钱送至英国,如此一来,也许可以换来一份合适的礼物,

这笔钱应该足够替两只狮子刻一幅版画,并且加上"米斯塔里"(石匠领班)的名字。

这样的礼物想必十分适合授予帕特森大人,同时他也应该乐意接受；

它的颜色应该模仿月亮和太阳；它将会是一个绝对合宜的礼物，相信大人会欣然接受。

噢！我洛山希望他会收下这份小礼物，这是向他的英勇行为表示一点小小的心意。

我的家乡在多姆利市的洽坚拉特村，它隶属于巴基斯坦杰赫勒姆区，我已向当地的亲友们叙述了这个真实的故事。

帕特森大人已离开了我，在我有生之年，我想我应该会不断思念着他，如今，我只能伤心、遗憾地在非洲四处流浪。

石匠领班洛山，杰赫勒姆区多姆利市洽坚拉特村的

石匠领班卡杜尔之子

谨献于一八九九年一月二十九日

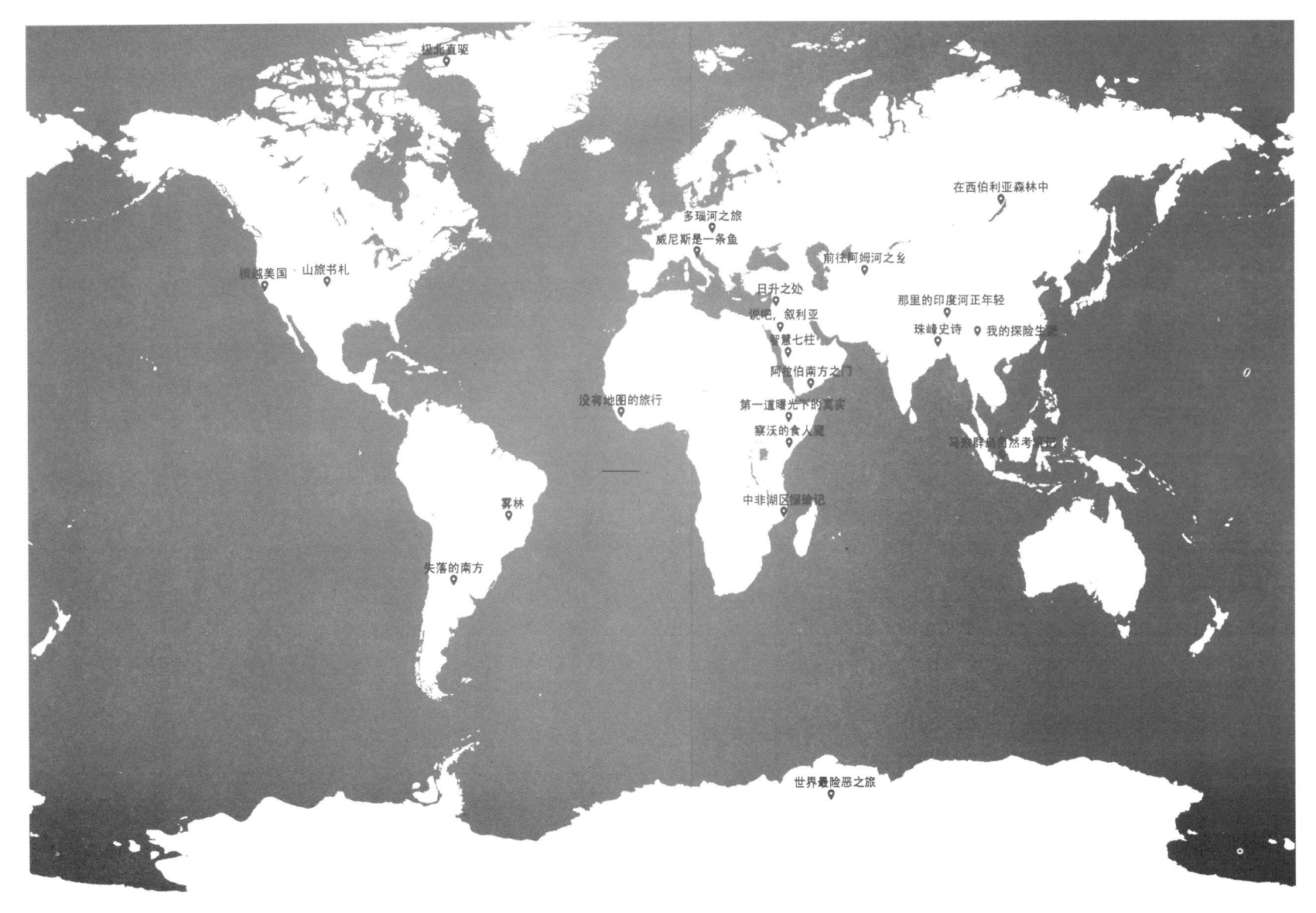

世界是一本书，不旅行的人只读了一页。

极北直驱	山旅书札	世界最险恶之旅
察沃的食人魔	墨西哥湾千里徒步行	智慧七柱
横越美国	没有地图的旅行	日升之处
马来群岛自然考察记	在西伯利亚森林中	那里的印度河正年轻
前往阿姆河之乡	失落的南方	我的探险生涯
中非湖区探险记	多瑙河之旅	雾林
阿拉伯南方之门	威尼斯是一条鱼	第一道曙光下的真实
珠峰史诗	说吧，叙利亚	